デート・ア・ライブ 10 鳶一エンジェル

DATE A LIVE Angel TOBIICHI

「十香たちは、普通に生きたいだけなんだ！」
高校生――五河《いつか》士道《しどう》

「私が殺すのは精霊だけではない。
気づかないうちに情に絆《ほだ》されようとしていた、私自身」
精霊を憎む魔術師――鳶一折紙《とびいちおりがみ》

「鳶一折紙。私は貴様が嫌いだ。
今も、昔も、変わらずな。――だが、今の『嫌い』は、
昔の『嫌い』と、たぶん、少し、違う。だから――」
精霊――十香《とおか》

「滅《ころ》すつもりでいく。
――死ぬなよ、折紙」

『――〈絶滅天使《メタトロン》〉』
精霊――鳶一折紙《とびいちおりがみ》

「……折紙。貴様、
なぜ——精霊になっている……!」

CONTENTS

「さあ——わたくしたちの戦争《デート》を、始めましょう？」

精霊——狂三《くるみ》

デート・ア・ライブ 10
鳶一エンジェル

橘 公司

ファンタジア文庫

2148

口絵・本文イラスト　つなこ

精霊
THE SPIRIT
隣界に存在する特殊災害指定生命体。発生原因、存在理由ともに不明。
こちらの世界に現れる際、空間震を発生させ、周囲に甚大な被害を及ぼす。
また、その戦闘能力は強大。
対処法1
WAYS OF COPING 1
武力を以てこれを殲滅する。
ただし前述の通り、非常に高い戦闘能力を持つため、達成は困難。
対処法2
WAYS OF COPING 2
——デートして、デレさせる。
鳶一エンジェル
Angel TOBIICHI
SpiritNo.1
AstralDress-AngelType Weapon-CrownType[Metatron]

序章　鳶一折紙《とびいちおりがみ》

鳶一折紙という少女が『特別』になったのは、今からおよそ五年前のことである。

幼少期より聡明《そうめい》で、学業成績も運動能力も優秀《ゆうしゅう》な子供ではあったが、それはあくまで常識的な範囲《はんい》の中のことで、せいぜい、母が保護者会や三者面談で鼻を高くできる程度のものに過ぎなかった。

得意科目は算数。苦手科目は国語。

好きな食べ物はグラタン。嫌《きら》いな食べ物はセロリ。

将来の夢は——可愛《かわい》いお嫁《よめ》さん。

世界は常識に満ち、誰《だれ》もそれを疑おうとはしなかった。己《おのれ》にできる範囲のことをきちんとやっていれば、友人たちも、大人たちも褒《ほ》めてくれた。そんな優《やさ》しい世界が、いつまでも続くものだと、特に意識をするでもなく思っていた。

だが、あの五年前の夏の日。折紙を取り巻く全《すべ》ては変わってしまった。

──あの日。街に戻《もど》った折紙を出迎《でむか》えたのは、見慣れた街の風景ではなく、紅蓮《ぐれん》の炎《ほのお》が燃え盛る地獄《じごく》のような光景だった。

(お父さん、お母さん……!)

折紙は、家にいるはずの両親の存在を思い起こすと、炎に包まれた街の中へと走っていった。

思えば、無謀極《むぼうきわ》まる行動である。たとえ折紙が家に辿《たど》り着いたところで、できることなどたかが知れている。だが、そのときの折紙は、父と母の無事を確かめる以外のことは考えられなかった。

ほどなくして折紙が自宅に辿り着くと、父が母の肩《かた》を抱《だ》きながら、燃え盛る家の扉《とびら》を蹴《け》破《やぶ》り、外に出てきた。

そのときの折紙の安堵《あんど》といったらない。父と母は、生きていた。それが嬉《うれ》しくて嬉しくて、目に涙《なみだ》を浮《う》かべながら、父の手を取ろうと手を伸《の》ばした。

しかし、その瞬間《しゅんかん》。

(──え?)

突然《とつぜん》、空から光のようなものが降り注ぎ、折紙の身体《からだ》は軽々と吹《ふ》き飛ばされた。

そして──まさにその光の直下にいた両親は。

一瞬前まで人間の形をしていたとは思えないくらいに、小さな破片《はへん》になっていた。

（あ、あ……あ……ああああ――）

折紙は歯の根を鳴らしながら、上空を見上げた。

そこには、光を放つ少女のシルエットが、あった。

（お、まえ、が……）

――お父さんと、お母さんを。

（許、さない……！　殺す……殺してやる……ッ！　私が――必ず……っ！）

怨嗟《えんさ》に彩《いろど》られた声を上げ、折紙は、復讐《ふくしゅう》を誓《ちか》った。


それが、折紙と精霊《せいれい》の出会い。

長きにわたる因縁《いんねん》の始点。

その日を境に、折紙は変わった。

他《ほか》に身よりもなかったため、折紙は近くに住む叔母《おば》に一時的に引き取られることになったのだが――その叔母がＡＳＴの元関係者であったことが、その後の折紙の人生を決定づけた。

叔母は、誰にも内緒《ないしょ》、と前置きをしながら、折紙にとある存在のことを教えてくれた。

──精霊。世界を殺す災厄《さいやく》のことを。

それから折紙は、異常なほど勉学と鍛錬《たんれん》に励《はげ》み始めた。

理由はたった一つ。あのとき見た精霊。その正体を突《つ》き止め、この手で殺すためである。

幼い折紙にはその具体的な方法がわからなかった。だから──がむしゃらに己を鍛《きた》え続けた。いつの日か両親の仇《かたき》を突き止めたとき、すぐにでも行動が取れるように、修羅《しゅら》か羅刹《せつ》とも見まごうような厳しさで、自分の身体を、精神をいじめ抜《ぬ》いた。

得意科目は、全て。苦手科目は特になし。手にできる知識や技術は全て己のものにし、『不可能』という言葉は徹底的《てってい》に叩《たた》いて潰《つぶ》した。

食べ物の好き嫌いは、あのときからほとんど気にしたことがない。強い身体を作る適切な栄養素のみを求め、あとのことは気にも留めなかった。

将来の夢は──あの精霊を殺すことのみに向いていた。

そしてそれから数年後。折紙は叔母の紹介《しょうかい》でASTの門を叩き、顕現装置《リアライザ》の適性を認められて魔術師《ウィザード》となった。

ASTの隊員となった折紙の鍛錬は、さらに激しさを増していった。

世界は非常識に満ち、誰もそれに抗《あらが》いようがなかった。己にできる範囲のことでは、到《とう》底《てい》目的を達することはできなかった。そんな残酷《ざんこく》な世界を生き抜くためには、己の存在意義を、なすべきことを、強く意識し続けるしかなかった。

とはいえ——そんな折紙にも、心休まる瞬間はあった。

そう。あのとき出会った少年である。

思えばそれは、思慕《しぼ》というよりも依存《いぞん》に近い感情だったのかもしれない。

両親を失った折紙は、彼という存在に寄りかかって、辛《かろ》うじて己を保っていたのだ。

だから——それが遠因となり、ＡＳＴを追われることとなってしまった今も、彼に恨《うら》みを抱《いだ》いたことなどは一度もなかった。

今になって思ってみれば……折紙は限界を感じていたのかもしれない。

精霊を倒《たお》すことを目的に組織されたはずのＡＳＴ。超常《ちょうじょう》的な力を人間に与《あた》えてくれる顕現装置《リアライザ》。

それらを用いても、精霊には到底敵《かな》わなかったのである。

だから。折紙はさらなる力を求めた。

顕現装置《リアライザ》を作り出した会社、ＤＥＭインダストリー。その、最新鋭《さいしんえい》の装備と、それを扱《あつか》える身体を。

そして、折紙は——

第一章　狙《ねら》われた士道《しどう》

暗闇《くらやみ》の中、最初に感じた違和《いわ》感は、匂《にお》いだった。

石鹸《せっけん》のような、花のような、芳《かぐわ》しい香《かお》り。明らかに自分のものではないそれが、不意に士道の鼻《び》腔《こう》をくすぐってきたのである。

「ん……」

小さなうめき声を上げながら身じろぎし、横になったまま背筋を伸《の》ばす。

すると今度は、手の甲《こう》に何やら柔《やわ》らかく温かい感触《かんしょく》が生まれ、それと同時に「きゃっ」という小さな声が聞こえてきた。

「へ……？」

士道は混濁《こんだく》する意識を無理矢理覚醒《かくせい》させると、目をごしごしと擦《こす》りながらむくりと身を起こした。

最初に目に入ったのは、見慣れた自分のベッドだった。白いシーツの上に、くしゃくしゃになったタオルケットや毛布が蹲《うずくま》っている。だが、今手に触《ふ》れたのは明らかにそれらの感触ではなかったし、何よりただの布が声を発するわけはない。士道はゆっくりと視線を上げていった。

　すると、

「ふふ……おはよう、士道くん」

　士道の隣《となり》に寄り添《そ》うように横になっていた下着姿の女性が、妖《あや》しく口元を緩《ゆる》め、色っぽい仕草で髪《かみ》をかき上げてきた。

　年の頃《ころ》は二〇代中頃といったところだろうか、すらりと長い手足に、豊満な胸元《むなもと》。モデル顔負けのプロポーションを誇《ほこ》る美女である。

「……ん、ああ、おは――」

　士道は寝《ね》ぼけ眼《まなこ》のまま返事を返そうとし――途中《とちゅう》で言葉を止めた。

「う、うわぁぁぁぁぁぁぁッ!?」

　脳がその異常事態を理解すると同時、士道はその美女から距離《きょり》を取るように後ずさった。が、ここはベッドの上である。足ならぬ尻《しり》を踏《ふ》み外した士道は、そのまま後方にごろんと転がり、床《ゆか》に頭を打ち付けてしまった。

「ぐわっ！」

「あらあら。もう、気を付けなきゃ駄目《だめ》よ、士道くん」

くすくすという女性の声が聞こえてくる。士道は仰向《あおむ》けの体勢のまま首だけを起こすと、困惑《こんわく》と驚愕《きょうがく》の入り交じった視線をベッドの上にやった。

「な……七罪《なつみ》……ッ!?　おまえ、なんで――」

そして、狼狽《ろうばい》に満ちた声で、女性の名を呼ぶ。

そう。士道はその女性に見覚えがあった。七罪。つい先日、士道がその霊力《れいりょく》を封印《ふういん》した精霊《せいれい》の一人である。

「なんでって、ご挨拶《あいさつ》ね。寝ぼすけさんを起こしに来てあげたんじゃない」

七罪はゆっくりと身を起こすと、「んんっ」と背伸びをした。ただそれだけの仕草であるのに、まるで映画か何かのワンシーンのように様《さま》になっている。

士道は七罪の優美な所作に一瞬目を奪《うば》われそうになったが、すぐに思い直してブンブンと首を振《ふ》った。

「そうじゃなくて……！　いや、なんでそんなところに寝てたのかも気にはなってたけど、それより――」

士道は、もう一度目を擦り、ついでに頬《ほお》をつねり、自分が寝ぼけているのではないことを確認してから言葉を続けた。

「七罪、おまえなんで、大人になれてるんだよっ!?」

そう。実はこの美しい女性の姿は、七罪の本当の姿ではない。

変身能力を持つ精霊である七罪が、自らの身体《からだ》を理想の女性に変身させた姿なのだ。

だが、今の七罪は、霊力を士道に封印されているはずである。普通《ふつう》に考えれば、変身能力を発現できるはずがない。限定的に能力が使えるのも、精霊の精神状態が著《いちじる》しく乱れたときのみであるはずだ。

ならば、七罪の身に強烈《きょうれつ》なストレスが降りかかったというのだろうか。いや、七罪を見る限り、そこまで精神状態が乱れているようにも見えないのだが――

と、士道がそんなことを考えていると、不意に部屋の扉が開いた。

「一体何よ、さっきからうるさいわね」

そして、黒いリボンで髪を二つに括《くく》った、中学生くらいの少女が部屋に入ってくる。士道の妹、五河《いつか》琴里《ことり》である。どうやら、先ほどから大声を上げたり床に落ちたりしていたため、不審《ふしん》がって様子を見にきたらしい。

「…………って」

琴里は扉を開けたまま部屋の中を見回すと、半裸《はんら》状態の七罪と、床に転がった士道を交互《こうご》に見つめ、ピクッと眉《まゆ》の端《はし》を揺《ゆ》らした。

そして、士道のアングルからパンツが見えることも厭《いと》わず、大きく足を振り上げると、仰向けになった士道の腹に踵《かかと》を落としてくる。

「朝っぱらから何やってんのよあんたらはぁぁぁッ！」

「ぎゃん……ッ」

　士道は身体をくの字に折ると、腹を押さえてビクンビクンとその場で悶《もだ》えた。琴里が、踵落としを放った勢いのままくるりと士道に背を向け、ガッと両足で床を踏みしめたあと、左手のひらに右拳《こぶし》を打ち付けてフィニッシュポーズを取った。格闘《かくとう》ゲームであれば、二人の間に『KO！』の文字が躍《おど》っていたに違《ちが》いない。

「ふん、ぎゃんだって。骨董《こっとう》商にでも転職すれば？」

「お、おまえなぁ……」

　士道が非難に満ちた声を上げるも、琴里は聞く耳を持たないようだった。

「それで、一体何を考えて、妹のいる家の中で淫《みだ》らな行為《こうい》に及《およ》ぼうとしたのかしら？　もう少し分別と思慮《しりょ》のある人間だと思っていたけれど」

「濡《ぬ》れ衣《ぎぬ》だっ！」

「うわ、濡れ衣だなんて……いやらしい」

「字面《じづら》だけで判断するなっ！　とにかく、起きたらなぜか七罪が隣に寝てたんだよっ！」

「……そうなの？」

琴里が七罪に怪訝《けげん》そうな視線を向ける。

すると七罪はポッと頬を赤らめ、胸元を抱《だ》くようにしながら恥《は》ずかしそうに口を開いた。

「士道くんの……えっち」

「…………！」

琴里がキッと視線を鋭《するど》くすると、再び足を振り上げ、士道に踵を落としてきた。だが、士道はすんでのところでそれを受け止めると、訴《うった》えかけるように叫《さけ》びを発する。

「おッ、落ち着け！　マジで何もしてねぇって！」

「……本当でしょうね？」

「ほ、本当だって！　っていうかなんで七罪が大人バージョンに変身できてるんだ!?　何かあったのかよ!?」

「ああ……」

士道が問うと、琴里は足をゆっくりと士道の上から退《ど》けた。

「そういえば言ってなかったわね。――七罪の状態のことを」

「状態？　どういうことだ？　まさか封印が不十分だったってことか……？」

士道は緊張《きんちょう》した様子で言った。が、琴里は目を伏《ふ》せ、首を振ってくる。

「いいえ。封印そのものは成功してるわ。七罪の霊力は、他の精霊たちと同様に、ちゃんと士道に封印されているはずよ」

「じゃあ……何か七罪の精神状態を乱すようなことが⁉」

言うと、琴里が複雑そうな顔を作りながら唸《うな》った。

「うーん……そうと言えばそう……なるのかしらね」

「？　どういうことだ……？」

今ひとつ要領を得ない。士道は首を捻《ひね》った。すると琴里が、七罪に聞こえないように配慮してか、膝《ひざ》を折って士道の耳に顔を近づけてきた。

「……ほら、七罪ってメンタル超弱いじゃない」

「……あー……」

士道は不自然な体勢のまま頬をかいた。そういえば変身前の七罪はコンプレックスの塊《かたまり》で、些細《ささい》なことで機嫌《きげん》を崩《くず》していたのだった。

「つまりはそういうことよ。七罪は十香《とおか》たちよりずっと能力を発現しやすいの」

「そ、それって、結構危険なんじゃないか……？」

「うーん……とはいえ、今のところ発現してるのは自分自身の姿を変える能力だけだから何とかってところね。多分、恥ずかしかったり、人目から逃《のが》れたかったりしたとき、ナチュラルに自分の姿を覆《おお》い隠《かく》しちゃうイメージなんでしょうね。時間をかけて慣らしていくしかないわ」

「そ、そうか……」

「ちょっとー、二人とも何ひそひそ話してるの？　お姉さん仲間はずれにしないでよー」

七罪が無駄に色っぽい仕草で、乱れた髪を纏《まと》めながら言ってくる。メンタルが弱いだなんて微塵《みじん》も感じられない、堂々とした風情《ふぜい》である。そういえば七罪は、この姿でいるときは文字通り人が変わったように自信に満ちあふれた性格に変貌《へんぼう》するのだった。

「七罪、あなたねえ……」

琴里が立ち上がり、半眼を作りながら息を吐《は》く。

「士道を起こしてくれるのはいいとしても、そう気軽にポンポン変身する癖《くせ》は何とかしなさいよ。そんな調子じゃあ、いつまで経《た》っても社会に溶《と》け込めないわよ」

「あぁん、士道くんを起こす役を取られたからって怒《おこ》っちゃイ・ヤ。可愛《かわい》いお顔が台無しよ？」

「べ、別にそんなこと言ってないじゃない！」

「ふふ、言わなくてもお顔に書いてあるわよ。でもほら、琴里ちゃんの身体じゃ、添い寝してても士道くん気づいてくれないかもしれないしぃ」

「な、なんですってぇ⁉」

七罪が大きな胸を持ち上げるように腕《うで》を組みながら言うと、琴里がたまらずといった調子で叫びを上げた。

「だってぇ、実際そうじゃない？　特定需要《じゅよう》は見込めそうだけど、火力不足っていうか、空気抵抗《ていこう》を限りなくゼロに近づけた匠《たくみ》の技《わざ》っていうか」

「ッ、舐《な》めんじゃないわよ！　こちとら発展途上だっての！」

「えぇ……でも胸の成長はだいたい一五歳くらいで止まるらしいわよ？」

「わ、私はまだ一四よ！　ていうか、何いい気になってくれてんのよ！　変身状態だからナイスバディかもしれないけど、あなた実際は私以下のちんちくりんじゃない！」

「…………ッ！」

琴里がそう叫んだ瞬間《しゅんかん》、自信に満ちあふれていた七罪の表情が愕然としたものに変貌した。途端《とたん》に辺りが暗くなるような錯覚《さっかく》。漫画《まんが》であれば、七罪の頭上に『がーん』だとか『ずーん』だとかいう擬音《ぎおん》が現れていただろう。

「や、やっぱり……琴里ちゃん、そう思ってたのね。う、うう……私、馬鹿《ばか》みたい。友だちができたって一人で浮《う》かれて……私が人に受け入れてもらえるだなんてあるはずないのに……」

七罪が両手で顔を覆い、小刻みに肩《かた》を震《ふる》わせる。なるほど、まるで豆腐《とうふ》のようなメンタルの弱さである。琴里は「しまった！」という顔を作ると、慌《あわ》てて七罪のもとに歩み寄っていった。

「そ、そんなこと思ってないわよ。今のはものの弾《はず》みっていうか、売り言葉に買い言葉っていうか……」

「うっ……うっ……いいのよ琴里ちゃん、無理しないでも。こんな私に付き合わせてごめんね……何の取り柄《え》もないくせに調子に乗ってごめんね……」

「いや、ホントに！　そんなこと思ってないから！」

「でも……私、琴里ちゃんよりちんちくりんだし……」

「そ、そんなことないわよ!?」

「……じゃあ、私より琴里ちゃんの方がちんちくりんなの……？」

「うっ、そ、それは……」

琴里が頬に汗《あせ》を滲《にじ》ませながら口ごもる。すると七罪は目に大粒《おおつぶ》の涙《なみだ》を浮かべてわんわんと泣き始めた。

「やっぱり嘘《うそ》なのねぇえっ！　人の心を一番傷つける優《やさ》しい嘘なのねぇええっ！」

「あ……ああ、もうっ！　そうよっ！　私は七罪よりちんちくりんよ！」

琴里が観念したように言う。すると七罪は今までの様子が嘘のようにけろっと泣き止《や》むと、今度はベッドをバンバンと叩《たた》いて笑い始めた。

「あは、はははは っ! ちんちくりんだー! 琴里ちゃんたらちんちくりーん!」

「な……っ」

琴里は一瞬状況《じょうきょう》が理解できないといった様子で呆然《ぼうぜん》としていたが、すぐに視線を鋭くすると、七罪をキッと睨《にら》み付けた。

「あ、あなた……騙《だま》したわね!?」

「きゃー! ちんちくりんが襲《おそ》ってくるー!」

七罪が無邪気《むじゃき》にケタケタと笑いながらベッドから飛び降り、部屋を出て一階に走って行く。

「この、待ちなさい……!」

琴里はそんな七罪を追って、バタバタと階段を駆《か》け下りていった。

——そうしてようやく、士道の部屋に平穏《へいおん》が訪《おとず》れた。

「…………顔、洗うか」

士道はやれやれと息を吐《は》いてから、ゆっくりとその場に立ち上がった。

寝起《ねお》きにサプライズこそあったものの、それを除けばその日の朝は、びっくりするくらいに『いつも通り』だった。

顔を洗い、服を着替《きが》え、結局七罪に逃《に》げられたらしい琴里とともに朝食を済ませ、家を出る。

すると、隣《となり》のマンションの方から、元気のよい声が響《ひび》いてきた。

「シドー！」

そちらに目をやると、士道と同じく来禅《らいぜん》高校の制服に身を包んだ少女が、大きく手を振《ふ》っていることがわかる。

長い夜色の髪《かみ》と、キラキラと輝《かがや》く水晶《すいしょう》のような双眸《そうぼう》が印象的な、冗談《じょうだん》のように美しい少女である。整った鼻梁《びりょう》に、桜の花びらのような唇《くちびる》。その姿容は見る者に、どこか作り物めいた神秘性さえ覚えさせた。

だが、その可憐《かれん》な貌《かお》に浮かぶ表情は、そんな印象を覆《くつがえ》してしまうくらい、朗《ほが》らかで親しみやすい笑《え》みである。

夜刀神《やとがみ》十香。五河家のお隣さん兼《けん》、士道のクラスメートだ。

「おう、十香。おはよう」

「うむ、おはようだ！」

士道が手を振り返すと、十香は満面の笑みを作りながら大きくうなずいた。全《すべ》ての所作に元気と活気が満ちている。相変わらず、全力で生きている少女である。

「今日もいい天気だな！　ぽかぽかするぞ！」

「ああ、一一月とは思えないよな。——っと、そういえば、耶倶矢《かぐや》と夕弦《ゆづる》は？　まさかまた寝坊《ねぼう》か？」

士道は首を傾《かし》げて十香の後方を見やった。十香と同じマンションに住んでいる八舞《やまい》耶倶矢・夕弦姉妹《しまい》の姿が見えなかったのである。

「いや、二人は先に行ったぞ。何でも今日は、どちらが先に学校に着けるか競争をするそうだ」

「ああ、なるほど」

なんとも「らしい」理由に、士道は思わず苦笑してしまった。耶倶矢と夕弦はとても仲のいい姉妹であるのだが、二度の飯より勝負事が好きで（本当は三度と言いたいようなのだが、三度も飯を抜《ぬ》くと勝負そのものができなくなるかららしい）、何かにつけよく張り合っているのだった。

「じゃあ、行くか」

「うむ！」

士道が言うと、十香が元気よくうなずいた。そしてそのまま、二人で通い慣れた通学路を歩いていく。

これもまた、いつもと同じ、日常のワンシーンである。

この数ヶ月で幾度《いくど》も繰《く》り返してきた毎日の一端。精霊という特異が存在する、常識の範疇《はんちゅう》を超《こ》えた異様な光景は、いつしか士道にとっては当たり前の日常となっていた。

「……てて」

と、ふと空を見上げたとき、不意に首が痛み、士道は顔をしかめた。

「ぬ？　どうしたのだ、シドー」

「ああ……ちょっと今朝ベッドから転げ落ちてな」

「むう、気を付けねばならんぞ」

十香が心配そうに言ってくる。士道は「大丈夫《だいじょうぶ》だ」と言うように苦笑した。

「普通《ふつう》は落ちねえって。今日は七罪が――」

「七罪？　七罪がどうかしたのか？」

「あ、いや、何でもない」

士道は誤魔化《ごまか》すように手を振った。十香は不思議そうな顔をしていたが、すぐに何かを思い出したように目を見開いた。

「そうだシドー、七罪といえば、そういえば前から気になっていたことがあるのだ」

「ん？　なんだ？」

「七罪はやはり、皆《みな》から愛されているからナツーミという名なのか？」

「……あー」

話題が変わったことに安堵《あんど》するも束《つか》の間。そう問われて、士道は頬《ほお》に汗を滲ませた。

「ナツーミ」とは、先日士道が十香に教えた言葉である。意味は「私はあなたが大好きです」。……まあ、本当は士道が十香を七罪と呼んだ際、誤魔化すためにでっち上げたものなのだが。

「そ、そうだな。やっぱり『愛してる』とか『大好きです』って言葉はいいものだからな。名前にする場合も結構あるんだよ。ほら、確か同じクラスの山吹《やまぶき》も、名前が『アイ』だろ？」

「おお！　なるほど！」

士道が咄嗟《とっさ》に話をでっち上げると、十香が心底感心したように手を打った。……なんだか、ちくちくと胸が痛む。ちなみに同じクラスの山吹の名前は、『亜衣《あい》』であって『愛』ではない。

そんなことを話しながら歩いていると、二人はほどなくして高校に到着《とうちゃく》した。

いつも通り靴《くつ》を履《は》き替え、いつも通り階段を上り、いつも通りの教室に入り、いつも通りの席に着く。士道の席は窓際《まどぎわ》から数えて二番目、十香の席はその隣だった。……なんだか士道が教室に入った瞬間、クラスメートから警戒心《けいかい》に満ちた視線を送られた気がしたが、まあそれは気にしないでおくことにした。

あとは授業の準備を整え、ホームルームの開始まで十香とまたとりとめのない会話をしていればいい。これもまた、いつもと変わることのない時間だった。

——だが。

「…………」

無言で、左隣の席に視線をやる。

まだ誰《だれ》も座っていない席。士道のクラスメート——鳶一折紙《とびいちおりがみ》の席に。

そう。いつも通りのはずの日常には、一つ、足りないものがあったのである。

「折紙……」

士道は小さな声でその名を呼ぶ。

「む……」

すると、それに気づいたのか、十香もまた、折紙の席に視線をやった。

折紙はAST——精霊《せいれい》を殲滅《せんめつ》することを目的とした部隊の隊員だ。無論のこと、精霊である十香と折紙の仲は決して良くはない。否《いな》、犬猿《けんえん》の仲と言ってもいいくらいだった。

だが、なぜだろうか。誰も座っていない席を見る十香の目には、何やら複雑な感情が込《こ》められている気がした。

しかしそれも無理からぬことなのかもしれない。士道は十香の言葉に応《こた》えるように小さくうなずいてから細く息を吐《は》き、折紙と最後に会ったときのことを思い起こした。

——今から数日前。この天宮《てんぐう》市は、危機的状況《じようきよう》に陥《おちい》っていた。

DEMインダストリーがこの街目がけて、爆破《ばくは》術式を搭載《とうさい》した人工衛星を、衛星軌道《きどう》上から降下させたのである。

士道や精霊たち、〈ラタトスク〉の協力によって、すんでのところでそれは食い止められたのだが、DEMインダストリーはさらなる奥の手を用意していた。

人工衛星に搭載されていたのと同等の威力《いりよく》を持った爆弾《ばくだん》を、空中艦《かん》から天宮市目がけて投下したのである。

力を消耗《しようもう》しきっていた士道たちは窮地《きゆうち》に立たされた。まさに万事《ばんじ》休す。

そんなとき——空から現れ、一撃《いちげき》の下《もと》にそれを爆破してみせた魔術師《ウィザード》がいた。

それが、折紙だったのである。

「あれは……一体」

士道は自問するように呟《つぶや》くと、額に手を当てて考えを巡《めぐ》らせた。

普通に考えれば、折紙が士道たちのピンチを救ってくれた、というだけの出来事である。その場で諸手《もろて》を挙げて喜び、折紙に感謝の言葉を伝えればいい話だ。

だが、事態はそう簡単な話では済みそうになかった。

折紙の纏《まと》っていたCR - ユニット——それは、いつも彼女が身につけている陸自ASTの制式採用装備ではなく、DEMインダストリーのそれだったのである。

一体あれはどういうことだったのだろうか。結局折紙は、士道たちのもとに下りてくることなく、意味深な視線を残して去って行ってしまったのだった。次に会うときには詳《くわ》しく事情を聞かねばと思っていたのだが……

と、そこで、教室に備えつけられていたスピーカーから聞き慣れたチャイムが鳴《な》り響いた。

「……と、ホームルームか」

教室の内外に散っていた生徒たちが、慌《あわ》ただしく自分の席に着き始める。窓の外を見やると、閉じられつつある校門に滑《すべ》り込む少年少女たちが何名か見受けられた。

が——やはりその中に、折紙の姿はない。

「……今日は、休みか」

士道は小さく息を吐いた。落胆《らくたん》と——僅《わず》かばかりの安堵を吐息《といき》に込めながら。

とはいえ、いつまでもそのままにしておけるような問題ではない。今日の帰りにでも、お見舞《みま》いという体《てい》で折紙の自宅マンションを訪ねてみた方がいいだろうか。

士道がそんなことを考えていると、教室に、担任である岡峰珠恵《おかみねたまえ》教諭《きょうゆ》・通称《つうしょう》タマちゃんが入ってきた。

起立、礼、着席。いつも通りの挨拶《あいさつ》を済ませてから、タマちゃん先生が出席簿《ぼ》を開く。

「……はい、皆《みな》さんおはよぉございます。今日も張り切っていきましょう」

張り切って、という割には暗い声で言い、タマちゃん先生は出席簿に視線を落とした。

タマちゃんらしからぬしょんぼりとした様子に、クラスメートたちが目配せをし合う。

「え……何、タマちゃんどうしたの？」

「なんか元気なくない？」

「あ、もしかしたらまたお見合い駄目《だめ》になっちゃったとか」

「あー……」

なんて、勝手な想像がひそひそと飛び交《か》う。

タマちゃんはそれが聞こえているのかいないのか、はあとため息を吐《つ》いた。

「出席の前に、皆さんに悲しいお知らせをしなくちゃいけません……」

言って、タマちゃん先生が眉《まゆ》を八の字にする。その不穏《ふおん》な様子に、クラスの面々は『やっぱり……』と声を上げた。

「だからお見合い写真には気合いを入れすぎるなってあれほど言ったのに……」

「確かに第一印象がよくないと会ってすらもらえないかもしれないけど、あんまりギャップがありすぎるのも駄目だよねえ」

「いや、でもそんなことわざわざホームルームで発表する？」

「えー、じゃあ何よ」

「結婚詐欺《けっこんさぎ》に遭《あ》って全財産やられたとか？」

「うわあ、それは悲しい」

などと、口々に噂《うわさ》をし始める。タマちゃんはそれを諫《いさ》めるようにゴホンゴホンとわざとらしく咳払《せきばら》いをしてから言葉を続けた。

「実は……鳶一さんが、急な都合で転校することになってしまいまして……」

「は……!?」

タマちゃん先生の言葉に、士道は思わず立ち上がってしまっていた。その隣《となり》では十香もまた、目を丸くしている。

クラスの面々も驚《おどろ》きを露《あら》わにしていたのだが、それでも士道のリアクションは大きすぎた。皆の視線が、士道に注がれる。

普段《ふだん》であれば居《い》心地《ごこち》の悪い状況である。だが今の士道にそんなものを気にしている余裕《よゆう》などはなかった。机に手を突《つ》き、タマちゃんに質問を投げる。

「ちょ、ちょっと待ってください、折紙が!? 一体どういうことですか!?」

「そ、そんなこと言われましてもぉ……私も詳しい事情はわからないんですよぉ。突然《とつぜん》、鳶一さんから電話がかかってきて、転校する、必要書類はあとで送るって……」

「そんな……」

士道は動揺《どうよう》を隠《かく》すこともできずに額に手を当てた。周囲では、クラスメートたちがひそひそと話を始めている。恐《おそ》らく皆、士道の慌てようを意外に思っているのだろう。――否、正しく言うのなら、士道が折紙に事情を聞いていないことに驚いていたのかもしれなかった。

「そ、それで……一体どこの学校に転校するっていうんですか?」

士道は縋《すが》るように言葉を続けた。学校名さえわかれば、〈ラタトスク〉に調べてもらうことは十分に可能なはずだった。

士道の必死な様子はタマちゃんにも伝わったらしかった。慌ただしく出席簿に挟《はさ》んであったプリントに目を這《は》わせ、顔を上げてくる。

「そ、それがですね……」

だが、その表情は、困惑《こんわく》の色に染まっていた。

「い、イギリスの学校、とだけ……」

「…………ッ」

その言葉を聞いて。士道は、ごくりと唾液《だえき》を飲み下した。

◇

「う……う、うがぁぁぁぁぁぁぁぁぁあっ！」

五河家の隣に位置する精霊マンションの一室で。

七罪は、枕《まくら》に顔を埋《うず》めたまま叫《さけ》びを上げていた。

ついでに辺りに埃《ほこり》が舞《ま》い散ることも厭《いと》わず、手足をブンブン振《ふ》り回してベッドをボッフボッフと叩《たた》き、時折思い出したように顔を覆《おお》いながら身悶《みもだ》えする。まるで重篤《じゅうとく》な悪魔憑《あくまつ》きか、さもなくばベッドの下に隠していたお宝を母親に見つけられた男子高校生のような様子であった。

「う、うぐぅぅ……」

数分間そんな行動を続けたあと、七罪はぐったりとベッドにうつぶせになった。

とはいえ、別に気が収まったわけではない。ただ単純に、暴れるのに疲《つか》れただけである。七罪は少しの間体力が回復するのを待ってから、のそのそと身を起こし、壁際《かべぎわ》に置かれている姿見に視線をやった。

そこに映っているのは、ちびでやせっぽちの、暗そうな顔をした女の子である。少なくとも、士道に添《そ》い寝《ね》していた、匂《にお》い立つような色香《いろか》を振りまくお姉さんの名残《なごり》などどこにもありはしなかった。

これが、七罪の本当の姿である。

「あー……もう、なんで私はこうなのよ」

髪《かみ》をくしゃくしゃとやり、再び身体《からだ》をベッドに投げる。

とはいえ、別に七罪は、かつてのように自分の本当の姿を嫌悪《けんお》しているわけではなかった。

……いや、もちろんまったく不満がないと言えばそれは嘘《うそ》になる。もう少し身長があればとか、もう少し胸があればとか、足りないところを挙げればきりがない。

だが、それらのコンプレックスも、少し前までの七罪と比べれば、随分《ずいぶん》と改善されてきてはいた。七罪は、あれほど嫌《きら》いで仕方なかった自分の本当の姿を、次第《しだい》に受け入れられるようになってきていたのである。

それもこれも、士道や精霊たちのお陰《かげ》だった。彼らが七罪を『変身』させてくれて——そして何より、七罪を『認めて』くれた。

彼らにはとても感謝している。だからこそ、何か恩返しができないだろうかと七罪なりに考えていた。その結果が、とりあえず朝早く起きて、皆《みな》を起こしてあげようというものだったのである。

しかし、そう簡単にはいかなかった。

手始めにと士道の部屋に忍《しの》び込んだまではよかったのだが、いざ士道を起こそうと思った瞬間《しゅんかん》、妙《みょう》な緊張《きんちょう》感が七罪にのしかかってきたのである。

今ここで士道を起こしたとして、もし、なぜ七罪がここにいるのかを問われたら、一体何と答えればいいのだろうか。いや、それは士道を起こしにきたに決まっているのだが、それにすら「なんで?」と問いを返される可能性がある。いやいや、それならばまだいい。もし士道が寝起きの機嫌が悪い人だった場合、怒《おこ》られてしまう可能性もあるのではないだろうか……? いやいやいや、そんなことよりもしかしたら——

などということを考えていると、不意に士道が「う……ん……」と呻《うめ》きながら寝返りを打った。

瞬間、七罪の緊張感はピークに達し……気がついたときには七罪の身体は、封印《ふういん》されたはずの大人のお姉さんバージョンに変貌《へんぼう》していたのである。

不思議なもので、変わったのは外見だけであるはずなのに、あの姿になると妙に気が大きくなるというか、自信が湧《わ》いてくるというか……それまでの七罪ができないことが、容易にできてしまうようになるのだ。

具体的に言うと、下着姿になって士道に添い寝し、寝起きドッキリを仕掛《しか》けてみたり、琴里を嘘泣きで騙《だま》してみたり……といった具合に。

そして琴里から逃《に》げ延び、自分の部屋に戻《もど》った七罪は、ひとしきり笑ったあと元の姿に戻り——

「うごぉぉぉ……」

こんな風に、途方《とほう》もない自己嫌悪に陥《おちい》っていたのだった。

自分の心の弱さが嫌《いや》になる。もうやわやわのよわよわである。これでは、絹ごし豆腐《どうふ》の方が幾分《いくぶん》か頑丈《がんじょう》というものだ。

と、その瞬間。何の前触《まえぶ》れもなくピーンポーン、とチャイムが鳴り、七罪はビクッと肩《かた》を揺《ゆ》らした。しかも音からして、エントランスからのものではなく、部屋の前に設《しつら》えられた方のチャイムである。

あまりの驚きに、またも大人バージョンになってしまいそうになるが、胸に手を当て、どうにか動悸《どうき》を抑《おさ》える。その後呼吸を整えた七罪は、なぜか足音を殺しながら玄関《げんかん》の方に歩いていった。

一瞬、士道か琴里がマンションまで追いかけてきたのかとも思ったが、二人はもう学校に行ったはずである。ならば一体……

「だ、誰《だれ》……？」

玄関の前に立った七罪が恐る恐る尋《たず》ねると（ドアスコープを覗《のぞ》くのは何となく怖《こわ》かった）、ほどなくして、小さな声が返ってきた。このマンションの扉《とびら》は万一の事態に備えて頑丈に作られているらしいのだが、インターホンのようにマイクとスピーカーが備えられているため、扉越《ご》しにも会話が可能だったのである。

『あ、あの……四糸乃《よしの》です』

『よしのんもいるよー』

「……っ⁉」

予想外の声に、七罪は眉根《まゆね》を寄せた。

とはいえ、声の主のことを知らないわけではない。四糸乃。七罪と同じくこのマンションに住む精霊《せいれい》の一人である。

一体何の用だろうか。七罪は首を捻《ひね》りながらドアノブに手をかけようとした。

が、そこでシューズボックスの扉の姿見に映った自分の姿に気づき、ハッと息を詰《つ》まらせる。今の今までベッドの上でごろんごろん転げ回っていたものだから、せっかく朝丁寧《ていねい》に梳《す》いた髪が、見る影《かげ》もなくぼっさぼっさになってしまっていたのである。髪質の問題なのか、油断するとすぐこのように爆発《ばくはつ》してしまうのだ。

「ちょ……ちょっと待って！」

『え？　は……はい』

扉越しに四糸乃の返事を聞いてから、七罪はドタドタと廊下《ろうか》を走ると洗面所に駆《か》け込み、大きなブラシを駆使《くし》して髪を梳き直した。

「よ……よしっ」

そしておよそ三分後。七罪はブラシを置いて玄関に駆け戻った。無論満足にはほど遠い出来であったが、仕方あるまい。最低限、みっともない寝癖《ねぐせ》だけはどうにか調伏《ちょうぶく》できたはずである。

七罪は大きく深呼吸をしてからサンダルを突っかけ、扉を開けた。

するとそれと同時、そこに立っていた小さな少女が、ぺこりと頭を下げてくる。

「あの……おはようございます、七罪さん」

可愛《かわい》らしい意匠《いしょう》の施《ほどこ》されたキャスケット帽《ぼう》を被《かぶ》り、左手にウサギのパペットを着けた、可愛らしい少女である。ゆるくウェーブのかかった髪は海のように青く、その双眸《そうぼう》は、蒼玉《サファイア》のようにキラキラと輝《かがや》いていた。

『ぐっもーにん七罪ちゃーん。ご機嫌いかがー？』

次いで、四糸乃の左手に装着されたパペットが、器用な動きをしながら挨拶《あいさつ》をしてくる。四糸乃の友だち『よしのん』である。

「あ……お、おは……よう」

七罪は視線を微妙《びみょう》に逸《そ》らしながら挨拶を返した。……大人の姿になっていれば、「おはよう四糸乃ちゃんによしのーん。一体どうしたの？　もしかして私に会いたかったの？　やーん、七罪感激ー」とハグくらいできるのだが……今の七罪にはハードルが高すぎた。しばしの間無言が続く。

――こういう場合は一体どうすればいいのだろう。せっかく訪ねてきてくれたのだから、「立ち話も何だし、上がってってよ。いい紅茶があるんだ」とナチュラルに促《うなが》すのがデキる女というものだろうか。しかしもしその用件がここで済む程度のものだった場合、逆に四糸乃に気を遣《つか》わせてしまうかもしれない。わざわざ部屋に通し、お茶を淹《い》れたあと、二言三言で用件が終わってしまうことになるのだ。それならそれで、そのあとお喋《しゃべ》りを楽しめばいいではないかと思う者もいるかもしれないが、それは人と自然に会話ができるコミュ力おばけの勝手な言い分である。そんなことができるならば、そもそも七罪は玄関口で無言のまま突《つ》っ立ってなどいない。ちなみに七罪には部屋に揃《そろ》えられている紅茶のうち、どれがいいものなのかよくわからなかった。

『ねーねー七罪ちゃーん。いつまでもこうしてるのもあれだしさー。お部屋入ってもいいかなー？』

と、七罪が額に汗《あせ》を滲《にじ》ませながら懊悩《おうのう》していると、『よしのん』が口をパクパクと動かしてきた。なんというタイムリーな助け船。七罪と違《ちが》ってデキる女である。

「っ、よしのん……！」

四糸乃が『よしのん』を注意するように言うが、七罪は慌《あわ》てて首を振った。

「い、いいよ。入って。あんまり大したものもないけど……」

「すいません、七罪さん……」

「ぜ、全然いいって。むしろあれだし、私が言おうと思ってたし……」

七罪は上擦《うわず》った声で言うと、四糸乃と『よしのん』を部屋に促した。四糸乃がぺこりとお辞儀《じぎ》をしたのち、脱《ぬ》いだ靴《くつ》を綺麗《きれい》に揃えて部屋に上がってくる。ちなみに七罪の靴はハの字形に脱ぎ捨てられたままである。……なんだか恥《は》ずかしくなって、こっそりと自分の靴を揃え直す七罪だった。

「そ、その辺に座ってて。今お茶用意するから……」

四糸乃をリビングに促した七罪は、戸棚《とだな》から、部屋に備え付けられていたティーバッグをカップに入れ、ポットのお湯を注いだ。きちんとした茶葉も置かれていたのだが、今ひとつ淹れ方がわからなかったのである。

七罪は紅茶と適当なお菓子《かし》をリビングのテーブルの上に並べると、四糸乃の対面に腰掛《こしか》けた。

「ど、どうぞ……」

「すいません……ありがとうございます」

四糸乃が小さく頭を下げ、紅茶を一口啜《すす》る。七罪も同じように、カップに口を付けた。

「…………」

「…………」

が、七罪も四糸乃もあまり自分から喋るような性格ではないため、そこからまた沈黙《ちんもく》が流れる。七罪は「私今紅茶飲んでるから喋れないだけだよ」感を出しながら、ちらと四糸乃の方を見やった。

流れで部屋に招き入れてしまったものの、一体どんな用件があって七罪を訪ねてきたのだろうか。七罪にはまったく見当がつかなかった。

「……っ」

が、そこで、七罪は一つの可能性に思い至った。

そもそも七罪は、士道に霊力《れいりょく》を封印される前に、士道や精霊たちを巻き込んで事件を起こしてしまっていたのだ。皆、そのときのことは水に流してくれてはいたのだが……一人くらい、皆に同調したように見せかけて、七罪への恨《うら》みを残している者がいてもおかしくはなかった。

しかもそのとき七罪が化けていたのは『よしのん』……四糸乃の無二の友だちなのである。士道や他の精霊たちが学校へ行ってしまった瞬間を見計らって、仕返しをしにきたのだとしても不思議はなかった。

「あの、七罪さん……？」

「ひっ！」

そんなとき、不意に声をかけられる。七罪はビクッと肩を揺らし、そのままテーブルの下に潜《もぐ》り込んだ。

「ご、ごめんなさい、私は……！」

七罪がガタガタとテーブルを鳴らしながら言うと、四糸乃と『よしのん』が戸惑《とまど》ったように首を傾《かし》げてきた。

『何謝ってるのー？　はっ、もしかして四糸乃が飲んだ紅茶の中に何かを一服⁉』

「え、ええ……っ？」

『ああっ、急な眠気《ねむけ》に襲《おそ》われた四糸乃はそのまま倒《たお》れてしまう。朦朧《もうろう》とした意識の中、最後に四糸乃が見たものは、好色な笑《え》みを浮《う》かべ舌なめずりをする七罪ちゃんの姿だった……百合《ゆり》百合な世界へようこそ！』

「し、しないってば、そんなこと……！」

たまらず顔を上げる。が、テーブルの下に潜り込んでいたものだから、七罪はしたたかに頭を打ち付けてしまった。

「あたっ！」

「だ、大丈夫《だいじょうぶ》ですか、七罪さん……！」

「あ……だ、大丈夫……」

七罪は心配そうに言ってくる四糸乃にそう返すと、ゆっくりとテーブルの下から出た。

だが、またも『よしのん』のお陰《かげ》で少しだけ緊張《きんちょう》感が解けた気がする。七罪は静かに深呼吸をしてから四糸乃に問いを発した。

「そ……っ、それで……私に、何か用……？」

七罪が言うと、四糸乃は「えっと……」と何やら言いづらそうに言葉を濁《にご》したあと、ほんのりと頬《ほお》を染めながら視線を逸らした。が、すぐに気を取り直したように七罪の目を見《み》据《す》え、小さな唇《くちびる》を開いてくる。

「その……な、七罪さん、ここに住み始めたばかりで、この街のこと……あまり知らないと思うので……」

四糸乃はそこで緊張を飲み込むように、こくん、とのどを鳴らしてから言葉を続けてきた。

「もしよかったら……なんですけど、街を案内……しようかと思って……」

「え……っ？」

意外な言葉に、七罪は目を丸くした。

と、そんな七罪の反応をどう受け取ったのか、四糸乃は慌てた様子で手を振《ふ》った。

「あ、あの……私も、そんなに街に詳《くわ》しいわけではないので、あまりお役に立てないかもしれないんですけど……簡単な案内くらいならできると思うんです。えっと、本当に、もしご迷惑《めいわく》じゃなかったら……」

「……う、あああ」

そんな四糸乃の言葉を聞きながら、七罪は両手で目を覆《おお》った。理由は単純。四糸乃が眩《まぶ》しすぎて直視できなくなってしまったのである。

一瞬とはいえ、もしかして四糸乃が復讐《ふくしゅう》にきたのでは、だなんて思ってしまった自分の薄汚《うすぎたな》さが嫌《いや》になる。なんだかもう、自分の穢《けが》れた視線を四糸乃に浴びせること自体が、許され得ない冒瀆《ぼうとく》なのではないかと思えてきた。

「っ、あ、あの、すいません、そんなに嫌だとは思わなくて……」

「……違うの。そういうんじゃないの……なんていうか、生まれてきてすいません……」

「な、七罪さん……？」

四糸乃が困惑したように首を傾げる。七罪はそろそろと目を開けると、ようやく直視できるようになった四糸乃に向き直った。

そして、少し視線を泳がせてから、小さな声を発する。

「……あの、じゃあ……よろしく」

「は、はいっ！」

七罪が答えると、四糸乃が嬉《うれ》しそうに声を弾《はず》ませ、天使のような笑顔を作る。その様を見て、七罪は再び目を覆ってしまいそうになった。

「でも……なんで、私なんかのためにそんなことまでしてくれるの？」

七罪が頰をかきながら、純粋《じゅんすい》な疑問半分、照れ隠《かく》し半分に問うと、四糸乃は小さく肩《かた》をすぼめてから答えてきた。

「ちょっと……嬉しかったんです。この時間はいつも、士道さんや十香さんたちが学校に行ってしまっているので……七罪さんがここにやってきたら、いっぱいお話できたらいいなあって……思ってたんです。それに、その……」

四糸乃は頬をかぁっと赤くしてから、言葉を続けてきた。

「わ、私たち……友だち、ですから……」

言って、四糸乃が恥ずかしそうに目をきゅっと瞑《つぶ》る。その様に、七罪も思わず赤面してしまった。

「うわっ……なにこの子、結婚《けっこん》してぇ……」

「……ふぇっ!?」

『おぉやぁ?』

「……！」

あまりの四糸乃の可愛さに、思わず求婚してしまっていた。無意識のうちに七罪の口からこぼれた言葉に、四糸乃がビクッと肩を揺《ゆ》らし、『よしのん』があごを撫《な》でる。七罪は慌ててブンブンと首を振った。

「な、なんでもない！　そ、それより、街を案内してくれるのよね!?　じゃあ行きましょう早く行きましょうすぐ行きましょう！」

銘菓きなこサ

「ええと……は、はい」

七罪は戸惑う四糸乃の背を押し、部屋から出て行った。

「く……」

『――おかけになった電話は、電波の届かない場所にあるか、電源が入っていないため、かかりません。しばらく時間をおいてから――』

◇

来禅高校の校門前で。電話口から聞こえてきたアナウンスに、士道は奥歯を嚙《か》みしめた。

時刻は九時三〇分。無論まだ学校は授業中なのだが、突然《とつぜん》折紙の転校を告げられた士道は、いてても立ってもいられず、体調不良を装《よそお》って早退をしていたのである。

十香は心配そうな顔をしていたが……結局学校に残していくことにした。折紙の真意が知れないまま、精霊《せいれい》と顔を合わさせるのはよくない気がしたのだ。

最後に見た折紙――DEMのCR－ユニットを纏《まと》った姿を思い起こしながら、無機的なアナウンスを繰《く》り返す携帯《けいたい》電話を握《にぎ》る手に力を込《こ》める。

ホームルームで折紙の転校が告げられたあと、何度か電話をしているのだが、結局一度も繫《つな》がらなかったのだ。

士道は通話を切ると、携帯電話をポケットにしまい込み、小さく息を吐《は》いた。

後悔《こうかい》と無力感が、じわじわと心を染めていく。ＤＥＭの装備を纏った折紙。そんなものを見てなお、士道は心のどこかで、折紙ならば普通《ふつう》に登校してくれるだろうと思ってしまっていたのだ。折紙のいる日常が崩《くず》れるだなんて、思ってもいなかったのだ。

「く――」

士道は、くっと顔を上げると、その場から走り出した。

目指す場所はただ一つ、折紙の自宅マンションである。折紙がそこに残っているかどうかはわからなかったが……本人がそこにおらずとも、何か手がかりが残っているかもしれなかった。とにかく、今は急がなくては。

「……っ、……っ」

士道は肺や足が痛むのも構わず、走り続けた。のんびりしていたら、折紙がどこか手の届かない場所に行ってしまうような気がしたのである。

そうしてどれくらい走った頃《ころ》だろうか、士道は、折紙の住むマンションに辿《たど》り着いた。

「はぁ……っ、はぁ……っ」

足を止めると、今まで抑《おさ》え込んでいた疲労《ひろう》と動悸《どうき》が、一気に襲いかかってきた。少しの間膝《ひざ》に手を突《つ》き、呼吸を整える。

力した。

「いてくれよ……折紙」

士道は祈《いの》るような気持ちでエントランスに入ると、インターホンに折紙の部屋番号を入力した。

だが——待てど暮らせど、返事はない。二度、三度と繰り返すが、結果は同じだった。

もう既《すで》に部屋を引き払《はら》ってしまったのか……それとも、無視をしているだけなのか。

と、士道がそんなことを考えていると、マンションの住人と思《おぼ》しき女性が、買い物袋《ぶくろ》を手に提《さ》げながらエントランスに入ってきた。

「……っと」

士道はインターホンから離《はな》れると、郵便受けをチェックする住人のような素振《そぶ》りで女性に背を向けた。

すると女性は慣れた調子で番号を入力すると、開いた自動扉《とびら》をくぐってマンションの中に入っていった。

「…………」

そんな様子を横目で見ていた士道は、ごくりとのどを鳴らすと、女性の姿が見えなくなるのを待ってから、閉まる寸前の自動扉に身を滑《すべ》り込ませた。

「すいません、今回だけなんで……」

と、小さな声で詫《わ》びながら、士道は廊下《ろうか》を歩いていった。

そしてエレベーターで上階に上がり、折紙の部屋の前まで辿り着く。

「……よし」

士道は小さくうなずくと、扉の横に設《しつら》えられたインターホンを押した。

ピンポーン、という音が部屋の中に響《ひび》くのが聞こえてくる。

だがやはり、中から反応はない。士道は扉をノックしながら声を発した。

「折紙、俺だ。いたら返事をしてくれ」

しかし、返事はない。士道は無駄《むだ》と思いつつもドアノブに手をかけた。

「ん……？」

と、士道は眉《まゆ》をひそめた。理由は単純。ノブを捻《ひね》って引く感触《かんしょく》に、想像していた抵抗《ていこう》がなかったのである。

「鍵《かぎ》が……開いてる？」

諦観《ていかん》が過《よ》ぎりかけていた士道の頭に、微《かす》かな光明《こうみょう》が差し込む。士道は意を決すると、手に力を入れ、ドアを一気に開け放った。

「折紙！」

だが。

微かに芽生えた士道の希望は、一瞬《いっしゅん》にして摘《つ》み取られた。

――がらんとした、部屋の中の光景によって。

「な……」

士道は目を見開くと、乱雑に靴《くつ》を脱《ぬ》ぎ捨《す》て、部屋の中に入っていった。廊下、リビング、そして寝室《しんしつ》と調べ回るも……同じだった。家具はおろか、あれだけ入念に張り巡《めぐ》らされていた侵入者《しんにゅう》・逃亡者《とうぼう》防止用のトラップも残ってはいない。ここに折紙がいたという痕跡《こんせき》が、何一つ残されていなかった。一瞬、間違《まちが》えて空き部屋に入ってしまったのではないかと思うほどに。

「何なんだよ、これ……」

士道は頭に手を当て、力なくその場にへたり込んだ。

このような結果が予想の範疇《はんちゅう》になかったわけではない。むしろ、学校を出てここに走ってきている間中、最悪の可能性として常に頭の中にちらついていた。だが、いざそれが現実となって目の前に突きつけられると、途方《とほう》もない衝撃《しょうげき》となって士道の胸を締《し》め付けるのだった。

「どこに……行っちまったっていうんだよ、折紙……」

だが、こうしていても意味がない。士道は頭をガリガリとかくと、足に力を入れてその場に立ち上がった。

そして、次なる目的地に向かって足を進める。

折紙の手がかりがありそうな場所——陸上自衛隊天宮駐屯地《ちゅうとんち》に向かって。

無論、折紙の自宅マンションとはわけが違《ちが》う。国防の要《かなめ》たる自衛隊の駐屯地、しかもASTの存在は、一般《いっぱん》市民には秘匿《ひとく》されている。十中八九、話も聞いてもらえず門前払《もんぜんばら》いされるのがオチだろう。

だが、もう他《ほか》に心当たりはなかった。僅《わず》かな可能性に縋《すが》るように歩みを進め始める。

しかし、次なる目的地を定めたはずの士道は、マンションのエントランスから出た瞬間、その場で足を止めることになった。

理由は単純。マンションの入口の向かいに位置する路地。そこに、一人の少女の姿があったからだ。

肩口《かたぐち》をくすぐるくらいの長さの髪《かみ》に、白い肌《はだ》、そして人形のように表情のない貌《かお》が特徴《とくちょう》的な少女である。

そう——士道が捜《さが》し求めていた少女、鳶一折紙だ。

「折紙!?」

士道は大声で名を呼ぶと、慌《あわ》てて折紙のもとに駆《か》け寄った。そしてそのまま彼女の両肩を摑《つか》む。勢い余って……というのもあるが、ちゃんと捕《つか》まえておかないと、またいつの間にかどこかへ消えてしまうような気がしてならなかったのだ。

「一体どこに行ってたんだ!? いきなり転校ってどういうことだよ！ 部屋もがらんどうで——」

「…………」

士道がまくし立てるように言うと、折紙は無言のまま指を一本立ててきた。そして士道の言葉を遮《さえぎ》るように人差し指を士道の唇《くちびる》に当て、ジッと視線を送ってくる。

そして、

「——二人で話がしたい。ついてきて」

静かな調子でそう言うと、折紙は士道の手をすり抜《ぬ》けるようにくるりと踵《きびす》を返し、路地裏の方に歩いていった。

「あ、お、折紙！」

士道が声をかけるも、折紙は足を止めなかった。振《ふ》り返ることもなく、すたすたと歩いていってしまう。

「く……」

士道は微かに眉根《まゆね》を寄せると、軽く頰《ほお》を叩《たた》いてから、折紙の跡《あと》を追った。もとより折紙に話を聞くために彼女を捜していたのである。是非《ぜひ》もない。

だが、いつまで歩いても、折紙は足を止めなかった。段々と路地裏の奥の方へと入り込んでいき、辺りにひとけがなくなっていく。

「なあ……折紙、どこまで行くんだ？」

「もうすぐ」

折紙は士道を一瞥《いちべつ》もせずにそれだけ言うと、またも黙々《もくもく》と歩き続けた。

「…………」

不思議に思いながらも、あとをついていく。

と――折紙の背を追いながら、幾度《いくど》目かの角を曲がったとき。

「あれ……？」

士道は目を丸くした。一瞬前に角を曲がったはずの折紙の姿が、見当たらなくなっていたのである。

「折紙？　どこへ……、――ッ!?」

瞬間――士道は息を詰《つ》まらせた。

不意に背後から何者かに組み付かれたかと思うと、鼻と口をハンカチのようなもので覆《おお》われたのである。

「な、これは……！」

突然のことに、大きく息を吸ってしまう。するとその瞬間、ツンとした刺激臭《しげきしゅう》が鼻を突き、それと同時に、地面がぐらんと揺《ゆ》れるかのような感覚が襲《おそ》ってきた。

「う、ぁ――」

視界がぐにゃりと歪《ゆが》み、意識が朦朧《もうろう》とする。やがて士道は立っていることも困難になり――その場に倒《たお》れ込んだ。

第二章　燦然《さんぜん》たるゲーティア

「——士道《しどう》の行方《ゆくえ》がわからなくなってる？」

中学校の教室で、耳に携帯《けいたい》電話を押し当てながら、琴里《ことり》は不審《ふしん》そうな声を発した。

昼休みのチャイムが鳴るなり、琴里の携帯電話に、〈フラクシナス〉から着信が入ったのである。不穏《ふおん》な空気を感じ取り、瞬時にリボンを黒に付け替《か》えて電話に出たところ——部下からそんな報告がされたのだ。

「一体どういうことよ？　今は学校じゃないの？」

『は……そのはずなのですが、村雨解析官《むらさめかいせき》の報告によると、一時間目の授業が始まる前に早退したらしいと……』

「早退？」

『はい。十香《とおか》ちゃんに事情を聞いたところ、鳶一折紙《とびいちおりがみ》が急に転校になったらしく……』

「なんですって……？」

琴里は眉《まゆ》をひそめた。あの鳶一折紙が、士道に一言もなく学校を移るだなんて考えられない。

だが――そんな異常の原因に心当たりがないわけではなかった。そう、折紙が最後に士道たちの前に姿を現したとき、彼女はDEMのCR-ユニットを纏《まと》っていたのである。

以前は士道の身を守るためにDEMに弓を引いたことさえある折紙であるが、彼女とDEMの間に何らかの密約が交《か》わされた可能性は否定できなかった。

あるいは――DEMに洗脳されてしまっているという可能性だって考えられないことはない。何しろ相手はあのDEMインダストリーなのだ。それくらいのことをしてきても不思議はない。

恐《おそ》らく士道も琴里と同じことを思ったのだろう。いても立ってもいられず、折紙を捜《さが》しに行ったに違いない。

「あの馬鹿《ばか》……私たちに一言も言わないで……」

琴里は苛立《いらだ》たしげに舌打ちすると、周囲に聞こえぬよう声をひそめたまま言葉を続けた。

「そのタイミングで失踪《しっそう》……きな臭《くさ》いわね。最悪、DEMに拉致《らち》された可能性もあるわ。

――十香たちは？」

『は……十香ちゃんと八舞《やまい》姉妹《しまい》、美九《みく》ちゃんは、それぞれの学校で昼食中です。七罪《なつみ》ちゃんは四糸乃《よしの》ちゃんと一緒《いっしょ》に、街に遊びに出ているようですね』

「そう。——不安がらせてもいけないけれど、いつまでも誤魔化《ごまか》しきれはしないでしょうね。とにかく、総力を挙げて士道の行方を追うわよ。私もすぐ〈フラクシナス〉に戻《もど》るわ。何としても、十香たちが家に帰ってくるまでに見つけ出すのよ」

『はっ！』

電話口で部下が返事を返してくる。琴里は通話を切ると、携帯電話をポケットにしまい込み、壁《かべ》から背を離《はな》した。

そして、リボンを替えながら、机を寄せ合ってお弁当を食べている友人たちのもとに歩み寄っていく。

「あ、琴里ちゃん。電話終わった？」

「誰《だれ》だったの？　お兄さん？」

友人たちが尋《たず》ねてくる。琴里は曖昧《あいまい》な笑《え》みを浮《う》かべてから、お腹《なか》を押さえてその場にうずくまった。

「う……うーん」

「ど、どうしたの琴里ちゃん、大丈夫《だいじょうぶ》？」

「ん、ちょっと調子悪いみたい……ごめん、今日は早引けする……先生に言っておいてくれる？」

「それはいいけど……大丈夫？　保健室行く？」

「大丈夫。それじゃあ、よろしくね」

琴里は辛《つら》そうな顔を作りながら鞄《かばん》を手に取り、ゆっくりした歩調で教室から出ると――

昇降口《しょうこうぐち》ではなく、屋上を目指して歩き出した。

◇

「……っ、う……」

小さく唸《うな》ってから、士道はゆっくりと目を開けた。

「ここ……は……」

視界が霞《かす》む。士道は目を擦《こす》るために右手を上げようとし――眉をひそめた。

右手が、動かない。否《いな》……正確に言うのなら、背で右手首と左手首を繋《つな》がれているかのように、腕《うで》が身体《からだ》の前に回ってくれなかった。

それから数十秒。段々と意識が覚醒《かくせい》していく中で、士道は自分が椅子《いす》に座らされ、後ろ手に手錠《てじょう》をはめられていることに気づいた。しかもご丁寧《ていねい》なことに、胴《どう》はロープで椅子に括《くく》り付けられ、ついでに椅子の脚《あし》は鋲《びょう》で床《ゆか》に固定してある。何があっても士道を逃《に》がすまいという意図が窺《うかが》える、執拗《しつよう》な拵《こしら》えだった。

「一体何だよ、こりゃあ……」

幸い、目《め》隠《かく》しや猿轡《さるぐつわ》はされていない。士道はぼやくように呟《つぶや》くと、ゆっくりと首を回し、自分がいる場所を見回した。

薄暗《うすぐら》い、廃墟《はいきょ》の一角のような空間である。ヒビの入った壁材に、一部鉄骨がむき出しになった天井《てんじょう》。人の手を離れて長らく時間が経過していることを思わせる様相だった。

一体なぜ自分がこんなところに捕《と》らえられているのか。士道は根本的な疑問に首を捻《ひね》り——すぐに、気を失う直前にあったことを思い出した。

「そうだ、俺は折紙を追って……」

と、士道が言いかけたところで、前方にあった扉《とびら》が、ギィと音を立てて開く。

その音に弾《はじ》かれるようにそちらを向くと、そこに、大きなボストンバッグを携《たずさ》えた折紙が立っていることがわかった。

「折紙！　おまえ、一体何のつもり——」

言いかけて。士道はハッと息を詰まらせた。

「まさかおまえ、本当にDEMに……!?」

「…………」

折紙は無言のまま士道の近くに歩いてくると、ボストンバッグを床に置き、その中を探《さぐ》り始めた。

「な、何を……！」

一体何を取り出そうとしているのかはわからなかったが、もし本当に折紙がDEMに抱《だ》き込まれているのなら、士道に何らかの危害を加えるものに違《ちが》いなかった。拳銃《けんじゆう》、ナイフ、あるいは自白剤《ざい》の類《たぐい》……様々な想像が、一瞬《いっしゅん》のうちに士道の頭の中を駆《か》け巡《めぐ》る。

だが、

「——はい」

「へ……？」

士道の予想に反して、折紙が士道に差し出してきたのは、ミネラルウォーターのペットボトルだった。

「な、何だこれ」

「水。のどは渇《かわ》いていない？」

極《きわ》めて不自然な状況《じようきよう》の中、折紙が極めて自然な様子で尋ねてくる。その違和《いわ》感に、思わず士道は眉をひそめていた。

確かにのどは渇いていたが、自分を拉致した相手が差し出してくるものを安易に口にすることは躊躇《ためら》われた。水を差し出してくる折紙に、猜疑《さいぎ》の視線を向ける。

すると、折紙はそんな士道の様子に気づいたのか、ペットボトルの蓋《ふた》を開けると、ぐいと一口、中に入っている水を口に含《ふく》んでみせた。……どうやら、毒の類は入っていないと言いたいらしい。

「…………」

「……え？」

否。違った。折紙は口に含んだ水を飲み込まず、そのまま士道に唇《くちびる》を寄せてきたのである。

そう。まるで……口移しでもするかのように。

「す、ストップ！　わかった！　もらう！　もらうから普《ふ》通《つう》に飲ませてくれ！」

「そう」

折紙は士道の言葉を聞くと、こくんと水を飲み下し、少し残念そうにそう言った。そして、口の開いたペットボトルを差し出してくる。

「はい」

「……あ、ああ、じゃあゆっくり——むぐっ⁉」

士道の言葉を最後まで聞かず、折紙がペットボトルを士道の口にねじ込んでくる。強制的間接キスである。不意を突《つ》かれたため抗《あらが》うこともできず、士道はそのまま、口内に注がれた水をごくんと飲み下してしまった。

「…………」

それを確認して、折紙が満足そうに手を引く。そして、なぜかペットボトルの口をぺろりともうひと舐《な》めしてから蓋をした。

その行動もものすごく気にはなったのだが……まあ気にするまい。むせるように咳《せ》き込んでから、再度折紙に視線を向ける。

「……で、とりあえずこれ、解いて欲しいんだが」

「それはできない」

士道が言うも、折紙はぴしゃりと返してきた。

だが、その反応は予想済みである。士道は小さく身体を揺《ゆ》すりながら言葉を続けた。

「あー……わかったわかった。じゃあせめて、一回ロープだけ解いて、手錠を前に回してくれないか？」

「ごめんなさい。もう少しだけそのままでいて欲しい」

「頼《たの》むよ。さっきからトイレに行きたくて仕方ないんだ。おまえだって、ここで漏《も》らされたかないだろ？」

「…………」

すると折紙は、無言のまま腰《こし》を屈《かが》め、ボストンバッグの中を探ると、再びペットボトルを取り出してきた。

一瞬、トイレに行きたいと言っているのにまた水を飲ませようとしてきたのかと思ったが——違う。士道はすぐに違和感を覚えた。折紙が手にしたペットボトルには、中身が入っていなかったのだ。

折紙が、空のペットボトルの蓋を開けながら、士道に寄ってくる。

「お、おい……？」

士道が頬《ほお》に汗《あせ》を滲《にじ》ませながら言うも、折紙は止まらなかった。ペットボトルを床に置いてから、士道のベルトに手をかけ、カチャカチャと音を鳴らしながら外そうとしてくる。

「ぎゃぁぁ！　ぎゃぁぁぁぁっ！」

折紙が何を考えているかを察した士道は、椅子をギシギシ鳴らしながら身体を捩《よじ》った。

「ちょッ！　やっぱ大丈夫！　大丈夫だから！」

「……そう」

士道が悲鳴じみた声で叫《さけ》ぶと、折紙はどこか残念そうな調子を滲ませながらベルトを締《し》め直した。

「はぁ……はぁ……」

士道は肩《かた》で息をしてから大きく深呼吸をし——心拍《しんぱく》を落ち着けてから折紙に向き直った。

言いたいことは山ほどあったが……今はそれどころではない。士道は静かに言葉を発した。

「……折紙」

「なに」

「……おまえ、DEMに入ったのか？」

「そう」

折紙が平然と返してくる。そのあまりに何でもなさそうな様子に、士道は拍子抜《ひょうしぬ》けしてしまった。

「そう……って、おまえ、あそこがどんなところか知ってるのか？」

「概《おおむ》ね」

「なら、なんで——」

「——力を、手に入れるため」

「力……？」

士道が眉根《まゆね》を寄せると、折紙は淡々《たんたん》と語り出した。

度重《たびかさ》なる命令違反《いはん》によって、ついに折紙に懲戒《ちょうかい》処分が下されたこと。

そして——魔術師《ウィザード》で在《あ》り続けるためには、DEMに所属するしか手がなかったことを。

「だからって……危険すぎる！」

「仕方のないこと。——精霊《せいれい》を倒《たお》す力を得るためには、他《ほか》に方法がなかった」

静かな……驚《おどろ》くほど静かな調子で、折紙が唇を動かす。その様子に、士道はそれ以上言葉を継《つ》ぐことができなくなってしまった。

恐《おそ》らく折紙は、DEMインダストリーという会社のことを士道よりもずっと深く知っている。士道の思いつくような懊悩《おうのう》や苦悩など、とうの昔に終えている。その上で——今の現状を選び取ったのだ。拒絶《きよぜつ》ではない。反論でもない。ただ淡々とした折紙の声に、士道は一種寒気にも似た感覚を覚えてしまった。

だが、気圧《けお》されてばかりはいられない。士道は気を取り直すように咳払《せきばら》いをし、再度口を動かした。

「……じゃあ、俺を拉致したのもDEMの——あのウェストコットの指示なのか？　一体俺をどうするつもりだ？」

「…………」

士道が言うと、折紙はゆっくりと首を横に振《ふ》った。

「士道をここに連れてきたのは、私の独断。DEM社はこの件について、一切《いっさい》関知していない」

「え……？」

士道は顔を困惑《こんわく》に染めた。

「どういうことだ？　じゃあ何だってこんなことを」

「私としても、あなたの自由を奪《うば》うことは本意ではない。申し訳なく思っている」

折紙はふっと視線を逸《そ》らしてから、言葉を続けてきた。

「でも、仕方のない措置《そち》だった。あなたを巻き込まないためには、これがもっとも確実性の高い方法」

「ち、ちょっと待った。何を言ってるんだ？　俺を、巻き込まないため……？　一体何にだよ！」

問うと、折紙は決意を新たにするように拳《こぶし》を握《にぎ》ってから、唇を開いてきた。

「――私と、精霊との戦いに」

「な……！」

士道は驚愕《きょうがく》に目を見開いた。

「せ、精霊……って、一体誰《だれ》のことだよ」

「精霊は、精霊。無論――」

折紙は一旦《いったん》言葉を止め、小さく息を吸うようにしてから、続けた。

「──夜刀神《やとがみ》十香たちも、例外ではない」

「……ッ！」

士道は息を詰《つ》まらせた。先ほど水を飲んだばかりだというのに、異様にのどが渇く。どくん、どくんと心臓の鼓動《こどう》が大きくなり、まるで身体《からだ》全体が揺さぶられているかのような錯覚《さっかく》さえ覚えた。

精霊と戦う。そして──精霊を、殺す。

思えばそれは、初めて会ったときから折紙が言い続けていることではあった。彼女は精霊を倒すことを目的としたＡＳＴの隊員だったのだから、当然といえば当然のことである。

無論士道も、幾度《いくど》となくその言葉を聞いていた。

なのに──なぜだろうか。

聞き慣れているはずの言葉に、こんなにも心臓を引き絞《しぼ》られるのは。

「ま、待てよ折紙！　おまえが狙《ねら》ってるのは、五年前親御《おやご》さんを殺したっていう精霊なんだろ!?　十香たちは関係ないじゃないか！」

「──精霊に変わりはない。彼女たちは危険。二度と私のような人間を作らないためにも、彼女たちの存在を許しておくわけにはいかない」

「な……！　十香たちに今精霊の反応はないはずだ！　その状態なら十香たちを狙うことはないって前に──」

「それは、陸自上層部の方針。ＡＳＴを抜けた私にはもう関係のないこと」

「ぐ……！」

士道は顔をしかめながら呻《うめ》いた。確かにその通りである。折紙は、不本意ながら上層部の指示に従っていると言っていた。

考えてみれば、折紙の行動は最初から何も変わってはいない。精霊を嫌《きら》い、精霊を憎《にく》み、精霊を殺そうとする。

だが──士道にはそれが、途《と》方《ほう》もなく歪《いびつ》な行動に思えて仕方がなかった。

無論、士道が精霊と折紙に戦って欲しくないと思っているのも大きな要素だろう。しかしそれを差し引いてなお、折紙の言動に違和《いわ》感を覚えてしまうのだった。

士道は、叫び出したくなる心地《ここち》をどうにか抑《おさ》え込んで、至極《しごく》落ち着いた声を発した。

「……なあ、折紙。十香がうちの高校に転入してきてから、もう半年以上経《た》つんだよな」

「…………」

無言で、折紙が士道を見返してくる。その視線は、士道が何を言い始めたのかわからない、というものとは、少し違《ちが》う気がした。

「早いもんだよな。おまえらと殺し合いしてた精霊が、今じゃあんなに世界に溶《と》け込んでるんだぜ？　もちろん十香だけじゃない。四糸乃も、耶倶矢《かぐや》も、夕弦《ゆづる》も、七罪も、もちろん琴里や美九だって……みんな『人間』として生きていこうとしてる」

士道は、訴《うった》えかけるように続けた。

「折紙……おまえは、こんなに長い間あいつらを見ていても、何も変わらないだなんて言うのか？　精霊は精霊でしかないなんて……危険な存在だから殺すしかないだなんて言うのかよ……っ!?」

「………………ッ」

士道が言うと、折紙が初めて、ぴくりと眉を動かした。

そうしてそのまま、ゆっくりとした足取りで部屋の端《はし》に歩いていき、右手を振り上げて、ガッ！　と壁《かべ》を殴《なぐ》りつけた。

「……そんなこと、わかってる」

「お、折……？」

「夜刀神十香も、他の精霊も、皆《みな》精霊には変わりない。復讐《ふくしゅう》の対象に違いない。――そのはずなのに」

折紙は微《かす》かに震《ふる》えた声でそう言うと、独白するように続けた。

「彼女たちと日常を共にするうちに、自分の認識が少しずつ変わっていくのが許せなかった。五年前のあの日、精霊に復讐を誓《ちか》ったはずなのに、次第《しだい》にこの現状に慣れていく自分が……怖《こわ》かった」

言って折紙が、もう一度拳を壁に叩《たた》き付ける。

「私がＤＥＭに入ったのは、ＡＳＴを懲戒処分になったからだけではない。自分のそんな現状に気づいたから。——夜刀神十香のいる日常を、許容し始めている自分に」

「な……」

士道は目を見開き、声を詰まらせた。

「なんで——それが駄目《だめ》なんだよ！　おまえもわかってるんじゃないか！　十香たちは、普通《ふつう》に生きたいだけなんだ！」

「……いいえ。それは許されない。彼女たちが、精霊である限り」

折紙は壁から拳を離《はな》すと、ゆらりとした足取りで、士道に背を向けた。

「私が殺すのは精霊だけではない。気づかないうちに情に絆《ほだ》されようとしていた、私自身。夜刀神十香の命を以《もっ》て——私は、私を取り戻《もど》す」

言って、折紙が部屋から出て行く。バタンという音とともに扉《とびら》が閉められ、壁の一部からパラパラと壁材の破片《はへん》が落ちた。

「待て！　折紙！　待ってくれ！」

士道は必死に叫びを上げながら身を振った。だが入念に施《ほどこ》された拘束《こうそく》は、そう簡単には外れそうになかった。

しかし、だからといって諦《あきら》めるわけにはいかない。このままでは折紙と十香たちの戦いは避《さ》けられなくなってしまう。

「くそ……ッ！　折紙！　折紙！」

士道は力の限り身体を揺《ゆ》すり、のどが潰《つぶ》れんばかりに絶叫《ぜっきょう》を上げた。

◇

「――よろしいのですか、アイク。彼女の独断専行を許して」

東天宮《てんぐう》に位置するホテルの最上階スイートルームで、エレン・ミラ・メイザースは静かに声を発した。

淡《あわ》いノルディックブロンドに、碧眼《へきがん》。雪のように白い肌《はだ》と華奢《きゃしゃ》な肢体《したい》が印象的な少女である。しかし彼女から発される雰囲気《ふんいき》は、その外見的特徴《とくちょう》から連想されるような深窓《しんそう》の令嬢《れいじょう》のごとき儚《はかな》さではなく、歴戦の武人のそれであった。

「構わないさ」

しかしエレンと向かい合う格好でソファに腰掛《こしか》けた男は、そんな彼女の雰囲気に呑《の》まれる様子もなく、気安い調子で言葉を返した。

「確かにしばらくは様子を見るつもりだったが、せっかくやる気を出しているんだ。わざわざ若い魔術師《ウィザード》の意気を挫《くじ》く必要はないだろう。——まあ、あ、あ、あんなことがあったばかりだ。自衛隊に手を回すのに、いつもより鼻薬《はなぐすり》が必要になってしまったがね」

年の頃《ころ》は三〇代半ばの、若い男である。くすんだアッシュブロンドに、刃物《はもの》のように鋭《するど》い双眸《そうぼう》。闇《やみ》を湛《たた》えたような暗く深い瞳《ひとみ》は、彼と対面した者に、得体の知れない不安感を覚えさせた。

サー・アイザック・レイ・ペラム・ウェストコット。世界にその名を轟《とどろ》かせる大企業《だいきぎょう》、DEMインダストリーの業務執行取締役《マネージング・ディレクター》である。

「あんなこと……ですか」

ウェストコットの言葉に、エレンは少し憮然《ぶぜん》とした調子を作った。

とはいえそれも無理からぬことではある。何しろ数日前、ウェストコットとエレンは、DEM社取締役会《とりしまりやくかい》の策謀《さくぼう》によって、その頭上に人工衛星を落とされかけたのである。

どうにか事態は収束を見せ、首謀者ロジャー・マードックを含《ふく》む取締役会のメンバーは全員本国で拘束されたのだが……エレンは、未《いま》だウェストコットが彼らに具体的な処罰《しょばつ》を下していないことに不満を覚えていた。

それを察したのだろう、ウェストコットがわざとらしく肩《かた》をすくめ、話を続けてくる。

「無論、今までの方針を丸ごと覆《くつがえ》すつもりはないよ。──しかし、様々なケースにおけるデータが欲《ほ》しいのも事実だ。せっかくあれだけ精霊《せいれい》が揃《そろ》っているんだ。一人や二人、霊結晶《セフィラ》にしてしまうのもありだろう」

言って、口元を微笑《びしょう》の形にしてみせる。

「それに、〈メドラウト〉の実戦データも欲しかったところだ。我々の目的はあくまでも精霊。落ちてくる爆弾《ばくだん》を撃《う》ち落としただけでは、実力など測りようもないからね。──君も、彼女がどれほどやるのか見てみたくはないかね？　まあ、もし彼女がこちらの期待以上の力を振《ふ》るってくれたとしたなら──精霊全員を仕留める前にこちらから止めねばならないかもしれないがね」

ウェストコットがエレンに視線を返しながら続けてくる。エレンは小さく息を吐《は》きながらうなずいた。

確かにウェストコットの言う通りではある。エレンとしても、彼女──鳶一折紙の能力を把握《はあく》しておきたくはあった。

ＡＳＴ時代の戦績やデータは残っているものの、それはあくまでＡＳＴに配備されている制式採用装備を用いたときのものである。DEMインダストリーの最新CR‐ユニット〈メドラウト〉――エレンの〈ペンドラゴン〉の姉妹機《しまい》を纏《まと》った折紙が精霊相手にどの程度の戦いをできるのか。それには確かに興味があった。何しろ彼女は今後のミッションにおいて、エレンのサポートをするためにスカウトされたのだ。

「わかりました。今回は裏方に回りましょう」

エレンが短く言うと、ウェストコットはくつくつと笑った。

「不満そうだね」

「いえ、そんなことは」

「君は嘘《うそ》を吐《つ》くとき、微かに眉根《まゆね》が寄るからすぐにわかるよ」

「……っ」

ハッとして右手で眉間《みけん》に触《ふ》れる。が……別段しわが寄っているということはなかった。

そんなエレンの様子を見てか、ウェストコットが愉快《ゆかい》そうに笑う。

「冗談《じょうだん》だ」

「…………」

エレンは手を元の位置に戻すと、今度はわかりやすく不満顔を作りながらウェストコットに視線を送った。

「はは、そう怒《おこ》らないでくれ、可愛《かわい》いエレン。──今回君には、別のターゲットの相手をして欲しいんだ」

「……別のターゲット？」

エレンが怪訝《けげん》そうに問うと、ウェストコットは「ああ」と首肯《しゅこう》した。

「トビイチオリガミが〈プリンセス〉たちを狙《ねら》うとなれば、まず間違いなく邪魔《じゃま》が入るだろう？」

ウェストコットの言葉に、エレンはぴくりと頬《ほお》を動かした。

「──〈ラタトスク〉」

「その通り」

ウェストコットがうなずく。

そう。この街にいる精霊たちは、何も偶然《ぐうぜん》ここに集まっているわけではない。精霊を保護する組織──〈ラタトスク機関〉の庇護《ひご》下に置かれているのである。

そして〈ラタトスク〉は、精霊の監視《かんし》や保護、空間震《くうかんしん》への対応、そして、精霊を殲滅《せんめつ》・捕獲《ほかく》せんとするDEMに対するための戦力として、空中艦《かん》を有していることがわかっている。

鳶一折紙が精霊を狙うとなれば、まず間違いなく横槍《よこやり》が入ってくるに違いない。しかも今〈ラタトスク〉には、元DEM社のナンバー2である崇宮真那《たかみやまな》が在籍《ざいせき》しているのである。彼女が出張ってきたならば、折紙は精霊を狙うどころではなくなってしまうだろう。

「ということは、私は真那の対応を？」

エレンが問うと、ウェストコットはゆっくりと首を振った。

「いいや」

「？　では、一体」

「昨日本社に連絡《れんらく》をしてね。——〈ゲーティア〉を、こちらに向かわせている」

「…………!!」

ウェストコットの言葉に、エレンは目を見開いた。

そして即座《そくざ》に、ウェストコットの意図を察する。

「——私に〈ラタトスク〉の艦《ふね》そのものの足止めをしろ、と？」

「理解が早くて助かるよ」

ウェストコットはニッと唇《くちびる》の端を上げた。

「或美島《あるびとう》での作戦時、日本支社での戦い、そして先の人工衛星の一件——それら全《すべ》ての裏に、〈ラタトスク〉の空中艦が関《かか》わっていた。今回も間違いなく、あの艦が出しゃばってくるだろう。まあ……最後の一件のみに関しては、私は礼を述べねばならない立場なのかもしれないがね」

冗談めかすように肩をすくめながら、ウェストコットが言う。だがエレンは、ぴくりとも表情を変えないまま言葉を返した。

「──本当によろしいのですね？〈ゲーティア〉を使うとなれば、手加減はできません。足止めで済むかどうかはわかりかねますが」

「ああ。この件は君に一任する。好きなようにやりたまえ。もしそれで墜《お》ちてしまうようならば、彼《か》の艦もそれまでだったということさ」

ウェストコットの言葉に、エレンは深い首肯で応じた。

◇

士道がいないまま学校が終わり、放課後。朝方は晴れていた空は、今にも雨が降りそうな曇天《どんてん》になっていた。日が暮れ始めているのも手伝ってか、辺りは既《すで》に薄暗《うすぐら》くなっている。

そんな空の下、十香は隣《となり》のクラスの八舞姉妹とともに、五河《いつか》家隣のマンションへの道を歩いていた。

「ふん、しかし、士道も早退とは軟弱《なんじゃく》よの。少し我が鍛《きた》え直してやらねばならぬか」

「首肯。よわよわよわっぴです。明日から走り込み決定です」

後方から耶俱矢と夕弦の声が順に聞こえてくる。十香が歩きながら軽く後方を振り返ると、瓜二《うりふた》つの顔をした少女二人が並んで歩いているのが見て取れた。

右にいる、自信に溢《あふ》れた表情を作った少女が八舞耶俱矢、左にいる、眠《ねむ》たげな顔をした少女が八舞夕弦である。パッと見ただけでは見分けが付かない双子《ふたご》の精霊なのだが……少し視線を下方にやると、極《きわ》めてわかりやすい体型の違《ちが》いを見取ることができた。

「そう言わないでやってくれ。きっとシドーにも事情があるのだ」

十香が言うと、耶俱矢と夕弦は同時に肩をすくめた。

「呵々《かか》、わかっておるわ。冗談だ。まあ、少しくらい鍛えておいた方がよいと思うのは誠《まこと》であるがな」

「質問。そういえば、マスター折紙が転校してしまったと聞きました。士道の早退もそれに関係があるのですか？」

夕弦が首を傾《かし》げながら尋《たず》ねてくる。十香は困ったように眉根を寄せた。

「むぅ……確かに、あやつの転校を聞いてすぐシドーはいなくなってしまった。関係があるのかもしれん」

十香の言葉に、耶俱矢と夕弦はフフンと鼻を鳴らした。

「くく……やはりそうか。これはきな臭《くさ》くなってきたな」

「肯定。陰謀《いんぼう》の臭《にお》いがします」

「きなくさい？　きなこの匂いなどしないぞ？」

「いや、そうじゃなくてさ……」

十香が首を傾げながら言うと、耶倶矢が額に汗《あせ》を滲《にじ》ませながら頬をかいた。なぜだろうか、耶倶矢はたまに口調が変わるのだった。

そんな会話をしながら道を歩いていると、ほどなくして十香たちの住む精霊マンションが見えてくる。

「ぬ？」

と、そこで十香は足を止めた。マンションの隣——士道の家の前に、一人の少女が立っていたからだ。

紫紺《しこん》の髪《かみ》を風になびかせた、セーラー服姿の背の高い少女である。モデルのような肉感的なプロポーションに、愛らしい貌《かお》。しかしその表情は今、つまらなそうに曇《くも》っていた。

「——あっ」

その少女も十香たちに気づいたらしい。暗くなっていた表情をパァッと明るくし、両手を広げてタタタッと十香たちに走り寄ってきた。

「十香さぁあん、耶倶矢さぁぁあん、夕弦さぁぁぁあんっ！」

『……ッ!!』

十香と耶倶矢と夕弦は、瞬時《しゅんじ》に危険を察知してその場から飛び退《の》いた。しかし少女はそのまま勢いを緩《ゆる》めることなく突進《とっしん》してきたものだから、電柱にはしっ、と抱《だ》きつく格好になってしまう。

「んぐっ！　もぉー、なんで逃《に》げちゃうんですかぁ」

言って、「ぶー」と唇を突《つ》き出し、木にしがみつくコアラのような姿勢のまま、少女が不満そうな声を漏《も》らす。

澄《す》んだ鈴《すず》の音のような綺麗《きれい》な声音《こわね》。それもそのはず、彼女は竜胆寺《りんどうじ》女学院の生徒にして、今日本でもトップクラスの人気を誇《ほこ》るアイドル、誘宵《いざよい》美九その人であったのである。

「いや、それ以前になぜ突っ込んでくるのだ!?」

「ええ？　ハグに決まってるじゃないですかぁ。愛情表現ですよー」

十香が叫《さけ》ぶように問うと、美九はさも当然のごとく返してきた。

「そ、そうなのか……？」

「そうですよー。みんなやってることですよー。ほら、十香さんも」

そう言って、美九が電柱から離《はな》れ、十香に向かって両手を広げてくる。その堂々とした様子に、十香はなんだか段々と美九の言うことが正しい気がしてきた。

「む、むぅ……」

が、そこで後方から両肩《りょうかた》ががっしと摑《つか》まれる。

「だ、騙《だま》されるな我が眷属《けんぞく》よ！」

「警告。嘘つきの臭いがします」

「……っ！　や、やはりそうか！」

十香はハッと肩を揺《ゆ》らして足を止めた。美九が残念そうに眉《まゆ》を八の字にする。

「あぁん、そんなぁー。心配しなくても、耶倶矢さんや夕弦さんともちゃんと熱い抱擁《ほうよう》を交《か》わしてあげますってばぁ」

「そんなことは頼《たの》んでおらぬわ！」

「戦慄《せんりつ》。身の危険を感じます」

耶倶矢と夕弦が自らの肩を抱きながら後ずさる。そんな様子を見て、美九があははと笑った。

「む……ところで美九、ここで何をしていたのだ？」

と、十香が問うと、美九が目をぱちくりとさせたあと、思い出したように手を打ってきた。

「そうそう！　そうですよぉ、学校が終わったからだーりんのところに遊びに来たんですけど、誰《だれ》もいなくて暇《ひま》だったんですよぉ。お隣のマンションも訪ねてみたんですけど、みんなお留守みたいですしぃ」

美九がつまらなそうに言う。その言葉を聞いて、十香と八舞姉妹は顔を見合わせた。

「？　どうかしたんですかぁ？」

「いや……シドーはまだ帰っていないのか？」

「はいー。何度チャイムを押してもお返事がありませんよー。琴里ちゃんもいないみたいですねぇ」

「……ふん、もしや本当に折紙の件と関係があるやもしれぬな」

「首肯《しゅこう》。これは何かあるかもしれません」

八舞姉妹があごに手を当てながら言葉を交わす。そんな様子に、美九がまたも不満そうに唇を尖《とが》らせた。

「もうっ、私にも説明してくださいよぉ！　一体何があったんですかぁ？」

「む、うむ……実はな」

十香は状況《じょうきょう》をかいつまんで説明した。すると見る見るうちに、美九から幾《いく》ばくかの緊迫《きんぱく》感と、溢れんばかりの好奇心《こうきしん》が発せられていった。

「ふぅむ、確かにそれは怪《あや》しいですねぇ……これは、だーりんに危険が迫《せま》っているかもしれません」

「き、危険だと？　どういうことだ？」

不穏《ふおん》な言葉に十香が汗を滲ませると、美九が指を一本立てながら続けてきた。

「考えてもみてください。まずだーりんは、折紙さんの行方《ゆくえ》を追って早退したと考えて間違いないでしょう。そして、こんな時間まで家に戻《もど》ってきていないということは……」

「……？　まだ鳶一折紙が見つかっていないだけではないのか？」

十香の言葉に、美九がふるふると首を振《ふ》る。

「それなら、連絡くらいあってもいいはずです。ということは……です。だーりんは逆に折紙さんに捕《つか》まって、ペロペロされている可能性があるということですっ！」

『な……!?』

三人は目を見開いた。まさか――士道が今そんなことに!?

だが、日頃《ひごろ》の折紙の素行を見ていると、それもあながち冗談《じょうだん》とばかりは言えなかった。

三人に戦慄が走る。

「こうしてはいられません！　早速《さっそく》今からだーりんを捜《さが》しに行きましょうっ！」

言って、美九が元気よく拳《こぶし》を振り上げる。十香と八舞姉妹《しまい》も、それに続くように『おー！』と右手を挙げた。

が——その瞬間。

——ウウウウウウウウウウウウウウウウウウウウウウウ——

と、辺り一帯に、けたたましいサイレンの音が鳴り響《ひび》いた。

「む、これは……」

「空間震警報《くうかんしん》……ですね」

美九が渋《しぶ》い顔をしながら呟《つぶや》く。

しかしそれも仕方あるまい。警報が鳴ったということは、士道の捜索《そうさく》が中断されてしまうことを示しているのである。

空間震とは、その名の通り、空間の地震のことである。突発《とっぱつ》的に世界に起こる災害であり——その原因は、公表されていないものの、十香たちのような精霊《せいれい》の出現にあるとされている。

「ふ……新たな精霊が現れるというのか」

「興味。どのような精霊か気になります」

八舞姉妹が興味深げにあごを撫《な》でながら言う。しかしそれを諫《いさ》めるように美九がブンブンと首を振った。

「駄目《だめ》ですよー二人とも。空間震警報が鳴ったら、ちゃんとシェルターに避難《ひなん》しないと」

「む……わ、わかっておるわ。言ってみただけだ」

「残念。仕方ありません。避難しましょう」

耶倶矢と夕弦が渋々うなずき、近場にあるシェルターの方に足を向ける。

「む、むう……しかしシドーは……」

だが、十香は眉根《まゆね》を寄せて困惑《こんわく》していた。

警報が鳴ったなら避難しなくてはならない。それは知っている。だがもしかしたら、士道がピンチかもしれないのだ。空間震が収まるまで待っていたら、折紙にペロペロされ尽《つ》くしてしまうかもしれない。十香は困ってしまってその場から動けずにいた。

と、そのとき。

「——その必要はない」

背後から、そんな静かな声がかけられた。

「ぬ……？」

十香は怪訝《けげん》そうに振り返り——目を丸くした。

何しろそこに立っていたのは、つい今朝方転校を知らされた、鳶一折紙その人だったのだから。

「鳶一折紙……？　貴様、なぜこんなところに」

「ほう？　己《おのれ》から姿を現すとはな。我が魔眼《まがん》の前には、逃げ隠《かく》れなど無駄と悟《さと》ったか？」

「驚嘆《きょうたん》。マスター折紙。転校とは本当ですか？」

「あー、折紙さーん。だーりんは一緒《いっしょ》じゃないんですかぁ？」

「…………」

皆《みんな》が口々に言うも、折紙は何も答えなかった。ただ静かに――凍《こお》るように冷たい視線で、四人を睨《にら》み付けてくる。

そんな視線に眉根を寄せながら、十香は再度口を開いた。

「……それで、避難の必要がないとはどういうことだ？」

「空間震は、起きない」

「何？」

折紙の言葉に、十香は首を捻《ひね》った。

「これは空間震警報ではないのか？　皆避難しているぞ」

言って、十香は辺りの様子を示すように手を広げながら言った。空間震警報を聞いた周囲の住人たちが、慌《あわ》てて家から飛び出し、最寄《もよ》りのシェルターに向かっている。

しかし折紙は無言で――まるで近隣《きんりん》住民がこの場からいなくなるのを待つように――そのまま十香たちを見つめ続けたあと、ようやく口を開いた。

「この警報は、私が要請《ようせい》して鳴らしてもらったもの。実際には精霊も、ASTも現れない」

「何だと……？　一体何のためにそんなことを――」

十香が問うと、折紙はもう一度十香たちの顔を順繰《じゅんぐ》りに見回したあと、心を落ち着かせるようにすうっと深呼吸をし、ポケットからドッグタグのようなものを取り出し、額に軽く当てた。

「――あなたたちを、この場で、倒《たお》すため」

瞬間《しゅんかん》、折紙の身体《からだ》が淡《あわ》く発光し、その身に魔術師《ウィザード》の鎧《よろい》――CR‐ユニットが装着された。

鈍色《にびいろ》で構成された、先鋭《せんえい》的なフォルム。X字に展開されたスラスターと、腰元《こしもと》に装備された巨大《きょだい》な兵装が特徴《とくちょう》的だった。

折紙がいつも纏《まと》っていたASTの制式採用装備ではない。武装の種類こそ異なるものの、それはDEMインダストリーの魔術師《ウィザード》、エレン・メイザースのそれとよく似ているように見えた。

「な……っ!?」

突然《とつぜん》の折紙の行動に、驚愕《きょうがく》の声を発する。しかし折紙は構わず右手を前方にかざした。するとその動作に合わせ、折紙の腰に装着されていた兵装が変形、展開し、折紙の手に握《にぎ》られる。

折紙の身の丈《たけ》ほどはあろうかという、長大な魔力砲《まりょくほう》。折紙はそれを片手で構えると、何の躊躇《ためら》いもなく引き金を引いた。砲門の奥に目映《まばゆ》い光が灯《とも》ったかと思うと、そこから十香たちに向かって、凄《すさ》まじい魔力の奔流《ほんりゅう》が放たれる。

「く——」

十香は息を詰《つ》まらせると、咄嗟《とっさ》に美九の身体を担《かつ》ぎ上げ、左方に跳躍《ちょうやく》した。まったく同じタイミングで、八舞姉妹が地を蹴《け》って上方に飛び上がる。

次の瞬間、一瞬前まで十香たちがいた場所が、折紙の放った魔力砲によってごっそりと削《けず》り取られた。アスファルト製の地面に、コンクリート製の塀《へい》。それら全《すべ》てが、折紙のいる位置から一直線に線を引いたように吹《ふ》き飛ばされたのである。

飛び退《の》くのがあと数秒遅《おく》れていたなら、十香たちは塀と同じように消し飛ばされていただろう。十香は砲撃《ほうげき》に触《ふ》れてしまった髪《かみ》の先を一瞥《いちべつ》してから、折紙を睨み付けた。

「い、いきなり何をする！　危ないではないか！」

「言ったはず。私はあなたたちを——精霊を、倒す」

冷たい声でそう言って、折紙が砲門の向きを十香と美九の方に向けてくる。その目には、迷いや逡巡《しゅんじゅん》のようなものは一切《いっさい》見受けられなかった。

普段《ふだん》の折紙とは異なった、純粋《じゅんすい》な敵意と殺意に彩《いろど》られた視線。その異様さに、十香は思わず息を呑《の》んだ。

「……っ」

否《いな》——違《ちが》う。十香は思い直すように奥歯を噛《か》みしめた。十香は以前にも、この折紙を見たことがある。

今から半年以上前。十香が士道と出会うより以前、十香がこちらの世界に現れるたびに襲《おそ》いかかってきたＡＳＴの鳶一折紙は、今と同じ目をしていたのだ。精霊を憎《にく》み、精霊を忌《い》み、精霊を殺すことに己の存在全てを懸《か》けていた少女。今の折紙は、そのときの彼女そのものだった。

そう。学校で常に顔を合わせていたため、今まで気づかなかったが、この半年の間に、折紙は明らかに変化していたのだ。無論、士道という存在があったのも大きな要因だろうが——静かに、しかし確実に、十香や八舞姉妹へ向ける憎悪《ぞうお》が、最初とは別のものになっていたのだ。

だが、今は。

「なぜだ——なぜ、戻ってしまったのだ、鳶一折紙！」

「…………」

十香が叫《さけ》ぶも、折紙は構わなかった。無言のまま、再度引き金を引こうとする。

「く……ッ！」

再び美九を抱《かか》えながら跳躍しようとするも、遅《おそ》い。十香が動くよりも一拍《いっぱく》早く、折紙の指が動いた。

だがその瞬間、十香に向けられていた砲口が不意に上方へ向けられる。

理由はすぐに知れた。先ほどの砲撃の際上方へ逃《のが》れていた八舞姉妹がその身に限定霊装を顕現《けんげん》させ、空から折紙に襲いかかったのだ。

濃密《のうみつ》な魔力の光が、空に向けて放たれる。しかし八舞姉妹は空中で身を捻《ねじ》り、紙一重《ひとえ》でそれを避《さ》けた。

「くく、よく気づいたな！」

「感心。さすがです、マスター折紙」

耶倶矢と夕弦はくるりと宙返りをしてから十香と美九を守るように、折紙の前に降り立った。そして格好いいポーズを取りながら、手にしていた天使〈颶風騎士《ラファエル》〉を折紙に向ける。

「さて、一応弁明を聞いてやろうではないか、折紙。冗談にしては度が過ぎるのではないか？」

「詰問《きつもん》。答えてくださいマスター折紙。あなたとは戦いたくありません」

「答える必要は、ない」

言うが早いか、折紙は魔力砲を可変させると、その先端《せんたん》に魔力で編まれた巨大な刃《は》を現出させた。そしてそのままそのレイザーブレイドを構え、八舞姉妹《しまい》に向かって突撃《とつげき》する。

恐《おそ》らく随意領域《テリトリー》で己の身体を弾《はじ》いたのであろう、予備動作のない急加速。並の相手であれば、その動きに対応することすらできずに斬《き》り伏《ふ》せられていただろう。

しかし、今折紙に対するのは、精霊中最高の機動力を誇《ほこ》る八舞姉妹である。二人はその一撃をかわすと、折紙と斬り結び始めた。

だが、戦況《せんきょう》は決していいとは言えなかった。恐らく折紙が随意領域《テリトリー》を広げ、八舞姉妹の動きを阻《そ》害《がい》しているのだろう。次第《しだい》に、二人が折紙に押されていく。

「く――美九、二人を助けるぞ！」

「は、はいっ！」

このままでは八舞姉妹が危ない。そう思った瞬間、十香の身体に光が纏わり付き、霊装の形を取っていた。

「〈鏖殺公《サンダルフォン》〉……！」

叫び、右手を前に突《つ》き出す。すると虚空《こくう》から光の粒子《りゅうし》が集まり、十香の天使が顕現した。〈鏖殺公《サンダルフォン》〉。何物をも切り裂《さ》く、最強の剣《けん》である。

それと同時、折紙の周囲に銀色の筒《つつ》が幾《いく》本も出現したかと思うと、辺りに楽《がく》の音《ね》が鳴り響《ひび》き始める。——美九だ。十香や八舞姉妹と同様に限定霊装と天使〈破軍歌姫《ガブリエル》〉を顕現させた美九が、光の鍵盤《けんばん》を弾《ひ》き鳴らし、流麗《りゅうれい》な曲を奏《かな》で始めたのである。

「〈破軍歌姫《ガブリエル》〉——【輪舞曲《ロンド》】！」

「…………！」

折紙が微《かす》かに眉《まゆ》をひそめる。美九の天使〈破軍歌姫《ガブリエル》〉から発された『音』が、折紙の身体を縛《しば》っているのだ。

折紙を殺すつもりはない。だが、このままではまともに話ができないのも事実である。十香は空を舞《ま》う八舞姉妹と視線を交《か》わすと、タイミングを合わせて、三方向から同時に折紙に飛びかかった。

「はぁぁぁぁぁッ！」

〈鏖殺公《サンダルフォン》〉を振《ふ》りかぶり、折紙に向かって振り下ろす。同時に右上から耶倶矢の槍《やり》が、左上から夕弦のペンデュラムが迫《せま》る。

逃《に》げ場のない、完璧《かんぺき》なタイミングである。如何《いか》にDEMの装備を纏った折紙とはいえ、天使の同時攻撃《こうげき》を食らって無傷とはいくまい。

だが。

「――はぁッ！」

「……!?」

折紙が裂帛《れっぱく》の気合いを発した瞬間、折紙の周囲に立っていた銀筒が放射状に吹き飛ばされる。それと同時、十香は自分の身体が、見えない手で摑《つか》まれるかのような錯覚《さっかく》を覚えた。

「な……！」

この感覚には覚えがあった。そう、超濃度《ちょうのうど》の随意領域《テリトリー》――エレン・メイザースのそれに囚《とら》われたときとよく似ている。粘度《ねんど》の高い泥《どろ》の中に放り込まれたように手足の自由が利《き》かなくなり、呼吸さえも苦しくなる。

とはいえ、その感覚は長くは続かなかった。時間にしてみれば、せいぜい三秒といったところだろう。

しかし、その僅《わず》か三秒の間が、十香たちと折紙の立場を逆転させた。

「――――ッ！」

折紙がレイザーブレイドに魔力を込《こ》め、一閃《いっせん》させる。

「ぐ……！」

「くはッ！」

「痛恨《つうこん》。うぐっ」

辛《かろ》うじて剣で受け止めはしたものの、その衝撃《しょうげき》は殺しきれない。十香と耶倶矢と夕弦は苦悶《くもん》を漏《も》らすと、三方向に吹き飛ばされてしまった。

「けほ……っ、けほ……っ」

「み、皆《みな》さん！　大丈夫《だいじょうぶ》ですかぁ!?」

背後から美九の心配そうな声が響いてくる。だが、それに返すことはできなかった。理由は単純。十香たちを吹き飛ばした折紙が、油断一つなく鋭《するど》い眼光を送ってきていたからだ。

一瞬でも視線を逸《そ》らせば、その瞬間に十香の首は宙に舞っているだろう。十香は何の冗《じょう》談《だん》でもなくそう感じた。

――折紙は、本気で十香たちを殺そうとしている。

先ほどから折紙が唱えていた言葉が、ようやく実感として身体に染み渡《わた》った。

そして今、折紙はそれを成すことができる力を持っている。

――気絶させてこの場を収めよう？　殺さないよう手加減をして話を聞こう？　数分前

までの自分の考えが如何に甘かったかを自覚する。

今目の前にいるのは、必滅の意志とそれに値《あたい》する力を持った、最強最悪の敵なのだ。

殺さなければ——殺される。

半年以上前に捨て去ったはずの、戦場の常識。その冷たい感覚が、十香の心に突き刺《さ》さった。

「…………っ」

だが。十香はごくりとのどを鳴らした。

それを自覚してなお、十香は折紙を殺す意志を持てないでいたのである。

——半年の間に変わったのは、折紙だけではなかったのだ。十香は今、ようやく気づいた。ともに時間を過ごすうち、折紙への嫌悪《けんお》と敵意が、最初のそれとは別種のものに変化してしまっていたことに。

「——何をしている、十香！」

「……!?」

不意に響いた耶倶矢の声に、ハッと肩《かた》を震《ふる》わせる。——十香が考えを巡《めぐ》らせていた一瞬の隙《すき》に、折紙が眼前まで肉薄《にくはく》していたのである。

「ふ——ッ」

「く、あ……ッ！」

容赦《ようしゃ》のない一撃が十香を襲う。絶対の鎧《よろい》であるはずの霊装が切り裂かれ、辺りに血が散った。

◇

「空間震警報……!?　周囲の霊波反応は？」

天宮市上空一五〇〇〇メートルに浮遊《ふゆう》した空中艦《かん》〈フラクシナス〉の艦橋で、真紅《しんく》のジャケットを肩掛《かたか》けにした琴里は声を上げた。

失踪《しっそう》した士道の行方《ゆくえ》を〈フラクシナス〉から捜索《そうさく》していたところ、不意に天宮市に空間震警報が鳴り響いたのである。

「し、周囲に目立った霊波反応は確認されていません！」

艦橋下段で観測装置を操作していた箕輪《みのわ》が声を上げてくる。

予想通りの返答に、琴里は眉をひそめた。世界最高クラスの霊波観測装置を積んだ〈フラクシナス〉が、陸自のそれに後《おく》れを取るはずはない。ならばこれは――

「誤報……ってこと？」

「……いや、そう決めつけるのは危険かもしれない」

琴里の声に応《こた》えるように言ったのは、目の下に立派な隈《くま》を蓄《たくわ》えた、眠《ねむ》たげな表情の女だった。〈ラタトスク〉解析官《かいせきかん》にして琴里の親友、村雨令音《れいね》である。

「どういうこと？」

「……思い出してみてくれ。先々月、シンがＤＥＭ日本支社に侵入《しんにゅう》しようとしたときにも、今と同じように空間震警報が鳴っていた」

令音の言葉に、琴里は眉をぴくりと動かした。確かにＤＥＭ、もしくは陸自上層部の一存があれば、警報を鳴らすことくらいは可能だろう。

「つまり──人払《ひとばら》いってこと？　一帯の住民を避難《ひなん》させなければならない何かをしようと？」

「……その可能性は十分あるだろう。少なくとも、ただの誤報と決めてかかるのは危険だ」

確かに令音の言うとおりである。琴里はくわえていたチュッパチャプスの棒をピンと立てると、艦橋下段に向かって声を発した。

「至急、警報範囲《はんい》内の状況《じょうきょう》を調べてちょうだい。士道捜索に回してる自律カメラとレーダーの一部を──」

と、琴里の言葉の途中《とちゅう》で、艦橋にけたたましいアラームが鳴り響いた。

「……っ！　何事!?」

「はっ！　こ、これは――司令のご自宅付近に、強力な魔力《まりょく》反応を確認！　十香ちゃんたちもそこにいます！」

「なんですって？　映像、急いで！」

「は……っ！」

クルーがコンソールを操作すると同時、艦橋のメインモニタに、見慣れた住宅街の風景が映し出される。

「な……！」

だが、その映像を見て、琴里は戦慄《せんりつ》に息を詰《つ》まらせた。

それはそうだ。何しろ、十香、八舞姉妹、美九と――DEMのCR－ユニットを纏《まと》った鳶一折紙が、五河家の前で対峙《たいじ》していたのだから。

「鳶一折紙……!?　なんであんなところに！」

穏《おだ》やかに世間話をしているわけでないことだけは容易に知れた。実際、琴里が声を上げてからすぐに、折紙は十香たちへの攻撃を開始した。

「く――」

「す、凄《すさ》まじい魔力数値です！　今までの彼女とは比べものになりません！　完全な霊装《れいそう》を纏っていない十香ちゃんたちでは……！」

艦橋下段から川越の悲鳴《かわごえ》じみた声が響いてくる。琴里は忌々《いまいま》しげに顔をしかめた。

DEMと折紙の間に何があったのかはわからない。だが、今十香たちが危機に瀕《ひん》してい
ることだけは確かだった。右手を前方に掲《かか》げ、声を張り上げる。

「〈フラクシナス〉、全速前進！　十香たちを回収するわ！　困難な場合は、〈世界樹の葉《ユグド・フォリウム》〉

を展開、援護《えんご》に入ってちょうだい！」

『了解《りょうかい》!!』

クルーたちが一斉《いっせい》に応答し、同時、艦橋を微かに震わせていた駆動音《くどう》が大きくなってい
く。そして〈フラクシナス〉はその針路を琴里の家の方向に取り――

「…………ッ!?」

瞬間《しゅんかん》、凄まじい衝撃によって、その動きを止められた。

「何事!?」

「が、外部からの攻撃です！　随意領域《テリトリー》、三〇パーセント縮小！」

「……ッ！　三時の方向に敵影《てきえい》出現！　これは――空中艦です！」

「何ですって……!?」

琴里が叫《さけ》ぶと同時、メインモニタに巨大《きょだい》な艦《ふね》の姿が映し出される。

正しく言うのなら——何もなかった空間が歪《ゆが》み、そこに空中艦が出現した。

とはいえ無論、巨大な鉄の塊《かたまり》が急にその場に現れるはずはない。きっと、〈フラクシナス〉と同じように不可視迷彩《インビジブル》を展開していたのだろう。

「これは……」

モニタに映し出された艦の姿を見て、琴里は一瞬言葉を失った。

〈フラクシナス〉と同程度のサイズを誇《ほこ》る、流線型の船体。白金の装甲《そうこう》の随所《ずいしょ》に金細工のような飾《かざ》りが施《ほどこ》された、美しい艦である。

顕現装置《リアライザ》を製造できる会社がこの世に二社しかない以上、恐《おそ》らくDEMの艦なのであろうが、今まで琴里たちが見てきた二隻《せき》とは、随分と印象が異なった。今までの二隻を戦闘《せんとう》用の兵器とするなら、今〈フラクシナス〉の眼前にいるそれは、まるで高貴な位の人物が乗るために誂《あつら》えられた、儀礼《ぎれい》用のものであるかのような様相だったのである。

だが。琴里は自分の考えを否定するように頭《かぶり》を振《ふ》った。

空中艦は顕現装置《リアライザ》で発生させた恒常随意領域《パーマネントテリトリー》で以《もっ》て、その巨大な船体を浮遊させている、『表』の文明史においてはまだ登場してはならない存在である。そんなものを馬車のように飾り立てても、どこに披露《ひろう》することもできないだろうし、それ以前に、如何《いか》に酔狂《すいきょう》なるDEM社とはいえ、ただ見てくれのみに特化した艦に〈フラクシナス〉を攻撃《こうげき》させたりはしないだろう。

如何にこの場にそぐわぬ姿をしていようとも――今目の前に浮遊するそれは、DEMインダストリーが必殺の意志を持って遣《つか》わした破滅《はめつ》の使者であるはずだった。

「ち、こんなときに！」

否《いな》……こんなときだからこそ、だろう。琴里は奥歯をギリと噛《か》みしめた。精霊たちの前に現れた折紙とこの空中艦に、何の因果関係もないとは考えづらい。恐らく、琴里たちが十香たちを助けにいくと踏《ふ》んで、それを阻《はば》むためにあらかじめ空で網《あみ》を張っていたのだろう。

随意領域《テリトリー》を操作し、周囲の風景に溶《と》け込む不可視迷彩《インビジブル》ではあるが、その機能が十全に発揮されるのは、その場に静止しているときに限られる。迷彩を展開したまま航行を開始すると、僅《わず》かではあるが周りの風景が歪んで見えてしまうことがあるのだ。

と、琴里が悔《く》しげに歯噛みしていると、不意にスピーカーからアラームが響《ひび》いてきた。

「っ、何よ、一体」

琴里が問うと、艦橋下段の椎崎《しいざき》がコンソールを操作し――驚《おどろ》いたように息を詰まらせた。

「これは……通信です！　当該《とうがい》艦から、〈フラクシナス〉の回線に通信が入っています！」

「通信……？」

琴里は訝《いぶか》しげに眉根《まゆね》を寄せ、言葉を返した。

「繋《つな》いでちょうだい」

「はっ！」

椎崎が言うと同時、モニタにウインドウが展開し、年若い少女の姿が映し出された。欧《おう》米人《べい》であることを示す淡《あわ》い色の金髪《きんぱつ》に、碧眼《へきがん》。凜《りん》とした表情からは、己《おのれ》への絶対的な自信が窺《うかが》えた。

『――初めまして、でしょうか。通信に応じていただき感謝します』

少女が、流暢《りゅうちょう》な日本語でそう言ってくる。その姿を見て、琴里は思わず息を詰まらせた。

「……ッ、エレン・メイザース……!?」

そう。画面に映っていたのは、DEMインダストリー第二執行部《しっこうぶ》の魔術師《ウィザード》、エレン・M・メイザースだったのである。

『な……！』

すると艦橋下段にいたクルーたちが、一斉に息を詰まらせるのが聞こえてきた。

だがそれも当然だった。何しろ、そこに映っていたのは、人の身で精霊に比肩《ひけん》しうる力を持った、人類最強と謳《うた》われる魔術師《ウィザード》であり、最重要警戒《けいかい》対象として特記された少女だったのである。

エレンが、ぴくりと眉の端《はし》を動かす。

『私のことをご存じですか。光栄ですね。――五河琴里』

言って、お返しとばかりに琴里の名を呼んでくる。向こうも、こちらに対する調べは付いていると言いたいのだろう。優雅《ゆうが》そうな見目に反して負けず嫌《ぎら》いな女である。琴里はフンと鼻を鳴らし、エレンを睨《にら》み付けた。

「……ええ、何か文句でも？　私みたいな中学生が司令官ぶってちゃあ悪いかしら？」

『まさか。個人の能力に容姿や年齢《ねんれい》は関係ありません。今まで我々の作戦行動を阻害《そがい》してきたあなたの手腕《しゅわん》に敬意を表しこそすれ、苦言を呈《てい》そうなどとは思いません』

冗談《じょうだん》めかした様子もなく、エレンが返してくる。彼女の思惑《おもわく》が今ひとつ摑《つか》めず、琴里は軽く目を細めた。

「それはどうも。――それで、世界最強の魔術師《ウィザード》様が、私たちに一体何のご用かしら？　お茶のお誘《さそ》いならあとにしてくれる？　今、忙《いそが》しいのよ。悪徳企業《きぎょう》の不良社員が、うちの子たちにちょっかい出してくれちゃってるみたいでね」

皮肉を込《こ》めて言うも、エレンはぴくりとも表情を動かさなかった。淡々《たんたん》とした調子で、琴里の質問に答えてくる。

『用件は二つです。――一つ。今から三分時間を差し上げますので、命が惜《お》しい方は今すぐその艦から脱出《だっしゅつ》してください』

「何ですって……？」

エレンの言葉に、琴里は視線をさらに鋭《するど》くし、フンと鼻を鳴らした。

「まさか、この〈フラクシナス〉を墜《お》とすつもりとでも言うの？」

『結果的にそうなってしまう可能性は否定できません。しかし、〈フラクシナス〉……それがその艦の名ですか。なるほど、世界樹とは洒落《しゃれ》が利《き》いています。――名付けたのはエリオットですね？』

エレンの出した名に、琴里は小さく目を見開いた。

それは、〈ラタトスク〉創始者にして〈ラタトスク〉意思決定機関・円卓《えんたく》会議議長、エリオット・ボールドウィン・ウッドマンの名だったのである。

だが、今はそれよりも気に掛《か》けねばならないことがあった。忌々しげに息を吐《は》き出し、射殺すような視線で画面の向こうの敵を睨み付ける。

「あなた、少し〈フラクシナス〉を舐《な》め過ぎなんじゃあないの？」

『お言葉ですが、そちらこそ過小評価をしているのではありませんか？　この〈ゲーティア〉の性能と――私の力を』

「…………」

やはり、エレンの声に、おどけるような様子は見られなかった。彼女は本気で言っているのだ。この〈フラクシナス〉に——アスガルド・エレクトロニクスの技術の粋《すい》を結集した空中艦《かん》に、己の艦が勝《まさ》っていると。

「ふん……ならなんでわざわざクルーの数を減らそうとするのかしら？　このままだと勝ち目がないから、どうにか舌戦《ぜっせん》でこちらの戦力を削《そ》ぎたいっていう風に聞こえるのだけれど？」

『それは、もう一つの用件に関《かか》わってきます』

エレンが平然と言ってくる。揺《ゆ》さぶり甲斐《がい》のない相手である。琴里は苛立《いらだ》たしげに舌打ちしたのち、言葉を続けた。

「……ふうん？　で、もう一つの用件っていうのは？」

琴里が言うと、エレンは細く息を吐き、深く首肯《しゅこう》した。

『ええ。この戦闘から逃げ延《に》びた方に、エリオットへの伝言を頼《たの》みたいのです』

「伝言？」

『はい』

エレンは静かにうなずくと——初めて、平坦《へいたん》だった声に感情の色を乗せた。

『——エリオット。エリオット。この裏切り者め。私たちの誓《ちか》いに背を向けた背約者《はいやくしゃ》め。

覚悟《かくご》をしておけ。どこへ隠《かく》れようと、必ず私が見つけ出し、その首を落としてやる』

「……!?」

今までのエレンの様子からは考えられない苛烈《かれつ》な語調に、琴里は思わず息を詰《つ》まらせた。

エレンはコホンと咳払《せきばら》いをすると、また先ほどまでの澄《す》まし顔に戻《もど》って琴里の方に視線を向けてくる。

『以上です。──それでは、今から三分間待たせていただきます。どうぞ、脱出してください』

「……だ、そうよ?」

エレンの言葉に、琴里は艦橋下段のクルーを見渡《みわた》すようにしながらそう言った。

「敵は人類最強。逃げたいのなら、逃げても構わないわよ」

冗談めかすでもなく、真顔で告げる。

するとクルーたちは一瞬肩《かた》をビクッと震《ふる》わせてから、しかし一様にニッと唇《くちびる》の端を上げてきた。

「……まさか。ここで逃げるようならば、最初から司令のもとについてなどいません」

「ええ、司令を置いて逃げるだなんて、それは死と何が違《ちが》うのですか」

「応とも。人類最強か何か知りませんが、我らの力を見せてやりましょう」

「ご命令を、司令。遺書はとうに書いてあります」

「わ、私も、家のパソコンのDドライブは、私が死んだらデータが消去されるよう細工してあります……！」

クルーたちが口々に言ってくる。

と、それに続くように艦長席の後方に立っていた神無月《かんなづき》が大きくうなずいた。

「無論です。まあ、逃げて司令にお仕置きされるというのも捨てがたいですが」

「…………」

無言で、神無月の足を踏む。後方から「きゃおッ！」と恍惚《こうこつ》とした奇声《きせい》が響いてきた。

琴里はフンと小さく息を吐きながら、画面に向き直った。

「——と、いうわけよ」

『そうですか。残念です』

エレンが、言うほどには残念がっている表情を見せずに言ってくる。琴里はバッと手を振ると、艦橋下段に指示を飛ばした。

「AR‐008、三番から六番までを並列駆動《くどう》！　魔力充填《まりよくじゆうてん》開始、〈ミストルティン〉用意！　目標、三時の方向！　DEM空中艦——〈ゲーティア〉!!」

『了解《りようかい》！』

琴里の声に弾《はじ》かれたように、クルーたちが一斉《いっせい》にコンソールを操作し始める。

その反応を見てか、エレンがすっと目を細め、椅子《いす》に身体《からだ》を横たえた。否——椅子、というには少し形状が異なるだろうか。斜《なな》めに設置された酸素カプセルのような機材である。SF映画なんかに出てくる睡眠《すいみん》装置か、さもなくば金属製の棺桶《かんおけ》のように見えた。

そして、頭部にヘッドセットのようなものを取り付ける。その装置には覚えがあった。形こそ違うものの、空中艦の制御顕現装置《せいぎょリアライザ》を、人間の脳で代用するためのユニットである。〈フラクシナス〉にも同様のものが配備されていた。

『——五河琴里。あなたはもう少し冷静に状況《じょうきょう》を判断できる方かと思ったのですが。血が繋がっていないとはいえ、やはり五河士道の妹ですね』

「最高の賛辞よ」

琴里はフンと鼻を鳴らしながら言うと、手元のコンソールを操作して通信を強制終了した。

「〈世界樹の葉《ユグド・フォリウム》〉、一番から一二番を展開！——神無月！」

「はっ」

琴里が名を呼ぶと、艦長席のすぐそばに控《ひか》えていた〈フラクシナス〉副艦長、神無月恭平《きょうへい》が返事をしてきた。

「相手は最強の魔術師《ウィザード》よ。念のため、準備しておいて」

「そう仰《おっしゃ》られると思いました」

神無月が言ってくる。琴里が後方を一瞥《いちべつ》すると、そこには既《すで》に頭部にヘッドセットを装着した神無月が立っていることがわかった。

琴里はふっと口元を緩《ゆる》めると、くわえていたチュッパチャプスの棒を指で挟《はさ》み込み、ビッと口から抜《ぬ》き取った。

「いつまでも構ってられないわ！　速攻《そっこう》で片を付けて、十香たちのもとに急ぐわよ！」

「はっ！」

「魔力充填完了、〈ミストルティン〉、いつでも撃《う》てます！」

「敵艦〈ゲーティア〉に動きはありません！」

クルーの言葉を聞いて、琴里はチッと舌打ちをした。もう戦いは始まっているというのに、何もアクションを起こさないとは。まさか交渉《こうしょう》が決裂《けつれつ》しているのに、律儀《りちぎ》に三分間待つほど敵も脳天気ではないだろう。もし相手がよほどの間抜けでない限り――こちらに先手を譲《ゆず》ろうという意思表示に違いなかった。

だとしたら舐められたものである。琴里は画面の敵艦にチュッパチャプスを突《つ》きつけた。

「〈ミストルティン〉――撃てッ！」

琴里の声が艦橋に響《ひび》き渡《わた》ると同時、〈フラクシナス〉の前方に備えられた砲門《ほうもん》から、目《ま》映《ばゆ》い光が迸《ほとばし》った。

艦載《かんさい》用の大型顕現装置《リアライザ》並列駆動によって生成された膨大《ぼうだい》な魔力の塊《かたまり》。それは触《ふ》れるもの全《すべ》てを塵《ちり》に変える破滅《はめつ》の光である。タイミングは完璧《かんぺき》。巨大《きょだい》な空中艦の動きではまず避《よ》けきれないだろう。

無論相手の艦《ふね》も随意領域《テリトリー》を纏《まと》っている以上、琴里もこれが決定打になるとは思っていない。空中で静止するなどという挑発《ちょうはつ》じみた行動をしている手前、先方もよほど随意領域《テリトリー》の強度に自信があるのだろう。

しかし、攻撃《こうげき》の起点を作り、イニシアチブが握《にぎ》れるのは空中艦同士の戦いにおいて非常に大きな意味を持つ。少しでも相手の随意領域《テリトリー》が削《けず》れるのならばそれだけでも意味があるし、こちらの砲撃を防ぐために艦の前方に防性随意領域《テリトリー》を集中させているのなら、先ほど空中に放った〈世界樹の葉《ユグド・フォリウム》〉を機雷《きらい》化させて後方から爆撃《ばくげき》を行う方法もあった。

どちらにせよ、ここからは攻《せ》めあるのみだ。エレンが本当に〈フラクシナス〉を墜としたかったのなら、最初の不意打ちのあと通信などせず、一気に畳《たた》み掛けてくるしかなかったのだ。

——だが。

「な……!?」

次の瞬間《しゅんかん》、琴里は思わず目を見開いていた。

〈ミストルティン〉の光が触れる寸前、〈ゲーティア〉が信じられない速度で左方に移動し、紙一重《ひとえ》のところで砲撃を避けたのである。

通常であれば考えられない軌道《きどう》。前進でも後退でも、旋回《せんかい》をしたわけでもなく、真横へ。まるで盤上《ばんじょう》の駒《こま》を隣《となり》のマスにスライドさせたかのような、不自然極《きわ》まる動きだった。

「何よ、今のは……!」

「……ふむ。どうやら、艦を包む随意領域《テリトリー》を極限まで薄《うす》くして、機動性を上げているようですね。それに今の駆動、恐《おそ》らく、随意領域《テリトリー》で以《もっ》て船体を弾いているのでしょう」

「そんなことが可能だっていうの!?」

「理論の上では不可能ではないはずです。試《ため》したことはありませんが。——さすがは悠《ゆう》久《きゅう》のメイザースといったところでしょうか」

神無月があごをさすりながら言ってくる。琴里はガン、と艦長席の手すりを叩《たた》いた。

「感心してる場合じゃないでしょ！　来るわよ！」

琴里が叫《さけ》ぶと同時、〈ゲーティア〉が再び不自然な軌跡《きせき》を描《えが》きながら、〈フラクシナス〉に迫《せま》ってきた。空中艦とは思えないスピードである。

「く——随意領域《テリトリー》を防性に！　衝撃《しょうげき》に備えて！」

「はっ！」

次の瞬間、〈ゲーティア〉の先端《せんたん》部に備えられた砲門から砲撃が放たれたかと思うと、〈フラクシナス〉を包む随意領域《テリトリー》に触れ、魔力光を火花のように辺りに散らした。

「ち……、やってくれたわね。〈世界樹の葉《ユグド・フォリウム》〉を機雷モードにセット！　〈ゲーティア〉の背後を取りなさい！」

このまま攻勢に入られる前に反撃の手を打たねばならない。琴里は艦橋下段に指令を飛ばした。

〈世界樹の葉《ユグド・フォリウム》〉は、〈フラクシナス〉後部に装備された、その名の通り葉のような形をしたユニットである。それぞれに独立した顕現装置《リアライザ》が搭載《とうさい》されており、母艦からの遠隔《えんかく》操作によって随意領域《テリトリー》を展開することができる汎用《はんよう》兵器だ。用途《ようと》は、通信の中継《ちゅうけい》から敵への攻撃まで非常に幅広《はばひろ》い。この兵器の存在が、アスガルド・エレクトロニクス社製空中艦〈フラクシナス〉最大の特徴《とくちょう》でもあった。

「了か——、ッ……！」

しかし。異変はすぐに起こった。クルーが返事を寄越《よこ》そうとした瞬間、艦橋にけたたましいアラームが鳴り響いたのである。

琴里が息を詰まらせた瞬間、〈ゲーティア〉の先端が光り輝《かがや》き、〈フラクシナス〉の艦橋が激しく揺《ゆ》れた。

「何ですって――」

「これは……再砲撃、来ます！」

「何事⁉」

「く……！」

琴里は奥歯を嚙《か》みながら、画面の中の〈ゲーティア〉を睨《にら》み付けた。

空中艦の主兵装は、言うまでもなく顕現装置《リアライザ》で出力した魔力をぶつける魔力砲だ。機関《きかん》銃《じゅう》などの武器も一応搭載されてはいるものの、随意領域《テリトリー》を纏《まと》った空中艦同士の戦いではほとんど役に立たないと言っていい。

肝要《かんよう》なのはまず相手の随意領域《テリトリー》を削り取ること。そうすると選択肢《せんたくし》は、〈世界樹の葉《ユグド・フォリウム》〉のような特殊《とくしゅ》兵装を除けば、魔力砲での砲撃か、随意領域《テリトリー》強度を高めての体当たりといったところに限られてしまう。

ゆえに〈ゲーティア〉の取った戦術は非常にオーソドックスなものなのだ。――その、異常なまでの速度を除けば。

「初撃から僅《わず》か一〇秒たらずで再砲撃を……⁉　馬鹿《ばか》な、どんな顕現装置《リアライザ》積んでりゃそんな……！」

そう。顕現装置《リアライザ》を並列駆動して魔力を生成せねばならない以上、基本的に主砲は連発できないはずなのだ。〈フラクシナス〉でさえ、どんなに急いでも次の砲撃までに三〇秒の時間を要する。

ならば魔力を生成する顕現装置《リアライザ》の数を増やせばよい……というわけでもない。単純に生成量を増やしたところで、処理能力に限界が訪《おとず》れるだけだ。よほど効率的な運用をしない限りは——

「……ち」

琴里は忌々《いまいま》しげに舌打ちをした。艦の異様な駆動。魔力砲の連発。それらが、先ほど見たエレン・メイザースの姿と繋《つな》がったのだ。

顕現装置《リアライザ》の性能自体は、〈アシュクロフト－β《ベータ》〉と呼ばれる新型の台頭によって差が詰《つ》められたものの、未《いま》だ〈ラタトスク〉の方が上だろう。

だからこそDEM社は、別のアプローチでその性能差を埋《う》めに来たのだ。

〈フラクシナス〉のように非常時の処理のみでなく、最初から人間の脳の処理能力を勘《かん》定《じょう》に入れ、効率的な運用を図《はか》った、純粋《じゅんすい》な『戦闘艦《せんとうかん》』。

エレンという、人類最強の魔術師《ウィザード》がいるからこそ可能となる、一種の反則技である。

無論、脳への負担は通常のCR‐ユニットの比ではない。恐《おそ》らくエレンといえど、長時間連続の航行は不可能であろう。

だが今この瞬間〈フラクシナス〉の目の前にいるのは、複数人での操舵《そうだ》を必要とする鈍《どん》重《じゅう》な空中艦ではなく――超《ちょう》大型のCR‐ユニットを纏った『エレン・M・メイザース』そのものだったのだ。

「司令！　左舷《さげん》随意領域《テリトリー》、限界値に達しています！」

「ち……」

琴里は、手元のパーソナルモニタを見やった。確かに、随意領域《テリトリー》の一部が激しく損傷している。

「随意領域《テリトリー》を再展開！〈ミストルティン〉の再充填《じゅうてん》、急いで！」

「り、了解《りょうかい》！」

「――神無月！」

「はっ！」

神無月が琴里の意図を察し、視線を鋭《するど》くする。瞬間、〈世界樹の葉《ユグド・フォリウム》〉が、凄《すさ》まじい速度で空を翔《か》けた。

今〈世界樹の葉《ユグド・フォリウム》〉を操作しているのは、〈フラクシナス〉の制御顕現装置《せいぎょリアライザ》ではない。艦長席の後ろに控《ひか》えた副艦長・神無月である。

〈世界樹の葉《ユグド・フォリウム》〉が空を舞《ま》い、〈ゲーティア〉を取り囲むように展開する。そしてそれらを核《かく》として生成された随意領域《テリトリー》が、一斉《いっせい》にその範囲《はんい》を広げた。

そう。空中に、〈ゲーティア〉を取り囲む『檻《おり》』を作り上げたのである。

「司令、今です」

「ええ、〈ミストルティン〉――撃てッ！」

琴里は〈ゲーティア〉をチュッパチャプスで指すと、叫びを上げた。その声に応《こた》えるように、再充塡の完了した収束魔力砲〈ミストルティン〉が、空に光の線を引く。

前方からは魔力砲。しかしそれを避けようとしても、今は周囲に機雷化した〈世界樹の葉《ユグド・フォリウム》〉が待っている。如何《いか》に〈ゲーティア〉とて、これは逃《のが》れられまい。

だが、〈ミストルティン〉が放たれた瞬間、〈ゲーティア〉はその砲撃の方向に真っ直《す》ぐ進んだかと思うと、砲撃が触れる寸前で船体を傾《かたむ》け、船体上部を〈世界樹の葉《ユグド・フォリウム》〉の随意領域《テリトリー》に擦《こす》り付けながら、〈ミストルティン〉の一撃を避けた。

「何ですって……!?」

無論、機雷化した〈世界樹の葉《ユグド・フォリウム》〉は、その衝撃を感知して凄まじい爆発《ばくはつ》を起こしたが――〈ゲーティア〉は健在だった。恐らく船体を覆《おお》う随意領域《テリトリー》を一点集中させ、爆発に耐《た》えたのだろう。

「何て心臓してんのよ、あの女……！」

琴里は忌々しげに歯噛《はが》みした。少しでも操作を誤れば艦が木っ端微塵《こっぱみじん》になっていたであろう、リスキーな策である。普通《ふつう》の頭をしていれば、防性随意領域《テリトリー》を砲撃が来る方向に特化させ、一撃を耐えようとするはずだった。

実際、琴里は相手がその行動を取った瞬間、〈世界樹の葉《ユグド・フォリウム》〉による追撃を命じるつもりでいた。この読み合いは、エレンに軍配が上がったようである。エレンは琴里の策を読んだからこそこんな危険な賭《か》けを——

「ち……」

そこまで考えて、琴里は顔をしかめた。

あの女は今の行動を、賭けとすら思っていないように思えて仕方がなかったのである。ただ単純に、「自分にできないはずはない」という傲慢《ごうまん》な考えのもと、当然の如《ごと》く砲撃を回避《かいひ》してみせたように思えてしまったのだ。

「！　〈ゲーティア〉、来ます！」

艦橋下段の幹本《みきもと》が悲鳴じみた声を上げる。〈ミストルティン〉を避《よ》けた〈ゲーティア〉が一直線にこちらに向かって突《つ》っ込んできたのだ。

「く、回避を──」

「ご安心ください、司令」

と、ヘッドセットを付けた神無月が艦長席の隣に進み出てきたかと思うと、パチンと指を鳴らす。

瞬間《しゅんかん》、〈ゲーティア〉に避《さ》けられたはずの〈ミストルティン〉の一撃が、〈ゲーティア〉の後方でぐるりと方向を転換《てんかん》し、こちらに戻《もど》ってきた。

「は……!」

一瞬何が起こったのかわからなかったが、すぐに理解する。

〈ゲーティア〉の後方には、随意領域《テリトリー》を展開した〈世界樹の葉《ユグド・フォリウム》〉が無数に浮《う》いていた。その随意領域《テリトリー》を操作し、魔力砲《まりよくほう》の軌道を無理矢理ねじ曲げたのである。

さすがにこれは予想外だったらしい。〈ミストルティン〉が、無防備な〈ゲーティア〉の後部に炸裂《さくれつ》し、爆発を起こした。

そうだった。あちらが怪物《かいぶつ》ならば、こちらにも怪物がいたのだ。琴里は艦長席の横に立った長身の男を見上げながら小さく息を吐《は》いた。

「……さすがね、神無月」

「恐縮《きようしゆく》です。この美しき世界樹に、傷を付けるわけにはいきませんからね。それに──」

「それに？」

「司令は、攻《せ》められてるより攻めてる方が素敵《すてき》だと思います!!」

神無月が、グッと拳《こぶし》を握《にぎ》りながら叫《さけ》んでくる。琴里ははぁとため息《いき》を吐いた。

だが――

「……ッ！　司令！〈ゲーティア〉が！」

中津川《なかつがわ》の絶叫《ぜっきょう》に、琴里はハッと肩《かた》を揺らした。

――〈ミストルティン〉の直撃を受けたはずの〈ゲーティア〉が、〈フラクシナス〉の艦橋目がけて猛進《もうしん》してきたのである。

「な……！」

〈ゲーティア〉が魔力を収束させ、砲撃を放つ。

〈フラクシナス〉艦橋のメインモニタに、目映《まばゆ》い光が溢《あふ》れた。

第三章　天使

ときは遡《さかのぼ》って数十分前。

廃墟《はいきょ》の中で、椅子《いす》に縛《しば》り付けられた士道《しどう》は必死に身体《からだ》を揺《ゆ》すっていた。

「くっ、外れろ……！」

腕《うで》を椅子に打ち付けるも、金属製の手錠《てじょう》がそんなことで外れるはずはなかった。同様に、鋲《びょう》で床《ゆか》に固定された椅子も、ビクともしない。

「くそ……ッ、こんなことしてる場合じゃないってのに……！　折紙《おりがみ》！　折紙！」

叫ぶも、それに応《こた》える者は現れなかった。ただ空《むな》しく自分の声が壁《かべ》に反響《はんきょう》するのを聞きながら、顔をしかめる。

一体この廃墟が街のどの辺りに位置しているのかわからないが、周囲にはまったく人の気配がなかった。聞こえてくるものといえば、風に揺られてキィキィと鳴る扉《とびら》の音と、時折遠くから響《ひび》いてくる車のクラクションくらいのものである。

とはいえそれも当然なのかもしれなかった。何しろここは、あの折紙が選定し、用意した監禁《かんきん》場所なのだ。そう簡単に人が見つけられるような場所であるはずがない。

だが……それが意味するところは、絶望のみではなかった。

長らく折紙と過ごすうちに理解できてきた折紙の考え方。彼女なら士道を監禁する場所に、「絶対に人が通らない場所」は選ばないように思えたのだ。

単純な理由だった。この場所を知るのが折紙のみであった場合、もし万が一折紙に何かあったとき、士道を助ける者が存在しなくなってしまうのである。

無論、一定時間が経過したら、学校や警察に士道の居場所をメールするようなプログラムを用意している可能性もないではなかった。だが、最低限の保険として、折紙ならば士道が餓死《がし》してしまわない程度の時間——二日か三日に一度くらいの割合で人が通りかかることを考慮《こうりよ》に入れている気がした。

特に今回の場合、折紙の目的は精霊《せいれい》たちとの戦いに士道を巻き込まないことである。今日一日士道をここに釘付《くぎづ》けすることができれば問題はないはずなのだ。

ならば——その二日か三日に一度ここを通る『誰《だれ》か』が、気まぐれを起こすかもしれない。そんな小さな可能性に賭けて、士道は叫びを上げ続けた。

「誰か！　誰かいませんか！」

今は折紙を信じるしかない。のどが痛むのも構わず、大声を張り上げ続ける。

しかしいくら叫んでも、聞こえてくるのは反響した自分の声のみだった。

せめてどこかに連絡《れんらく》が取れればよいのだが、当然の如く携帯《けいたい》電話は折紙に取り上げられてしまっていた。士道の行方《ゆくえ》がわからなくなれば琴里《ことり》たちも捜索《そうさく》に入ってはくれるだろうが、それでは遅《おそ》すぎる。

「ぐ……」

「くそ、一体どうしたら……！」

と、士道が無駄《むだ》とわかっていつつも身体を激しく揺すった瞬間。

「え……？」

どこかから、椅子の軋《きし》み以外の音が聞こえてきて、士道は目を丸くした。

動作を止め、耳をそばだてる。するとその音が、前方の扉の向こうから響く小さな小さな足音であることがわかった。

「……！　だ、誰かいるんですか!?」

天の助けである。士道はこの機を逃《のが》してなるものかと大声を上げた。するとその声に気づいたように、足音がゆっくりと近づいてきて、士道が囚《とら》われている部屋の扉の前で立ち止まった。

だが。

錆《さ》び付いた蝶番《ちょうつがい》を軋ませながら扉を開けたその人物の姿を見て、安堵《あんど》に緩《ゆる》んでいた士道の表情は、再度緊張《きんちょう》感に支配された。

「お、折紙……!?」

そう。そこにいたのは、士道をここに縛り付けた張本人。先刻ここを出て行った、鳶一《とびいち》折紙嬢《じょう》その人だったのである。

「…………」

折紙は扉を開けると、無言のまま士道のもとに歩いてきた。

士道は一瞬驚《おどろ》いてしまったが、すぐに思い直すように首を振《ふ》った。

「折紙――戻ってきてくれたのか？」

「…………」

問いかけるも、折紙は何も言わなかった。歩調を変えることもなくやってきて、士道の目前に立つ。

「折紙……？」

物言わぬ折紙に、士道は眉《まゆ》をひそめ――

「っ、おまえ――」

不意に頭中を掠《かす》めた可能性に、息を詰《つ》まらせた。

士道は最初、折紙が途中《とちゅう》で考えを改め、士道のもとに戻ってきてくれたのだと思っていた。……勝手に思い込んでいた。

だが、冷静に考えてみれば、それが如何《いか》に甘い希望的観測であるかがよくわかった。

そう。彼女が、鳶一折紙が、誰よりも己《おのれ》を律する強固な意志を持つこの少女が、何の理由もなく意趣返《いしゅがえ》しをするはずがなかったのである。

ならばなぜ、彼女はここに戻ってきたのか。

考えられる理由は二つしかなかった。

一つは、何らかの問題が起きて、士道のもとに戻らねばならなくなったから。

そして、もう一つは。

──既《すで》に、目的を達し終えたから。

「……っ」

士道はごくりと唾液《だえき》を飲み下すと、折紙の目を見た。

「折紙、おまえ、どうして……戻ってきたんだ？」

「…………」

折紙は、答えない。ただ無言のまま、士道の目を見返してくるだけだった。

その感情の読み取れない無機的な表情に、士道の呼吸はどんどん荒《あら》くなっていった。動《どう》悸《き》が激しくなり、無性《むしょう》にのどが渇《かわ》いていく。

「ま、まさか、おまえ……」

士道が戦慄《せんりつ》に声を震《ふる》わせながら言うと、折紙は初めて反応を見せた。

しかしそれは、否定でも肯定《こうてい》でもなかった。ただ、静かに唇《くちびる》の端《はし》を上げ——ニッ、と笑《え》みの形を作ったのである。

「……な——」

その顔に、士道は心臓が引き絞《しぼ》られるのを感じた。

だがそれも当然である。何しろ今士道の目の前にいるのは鳶一折紙。常日頃《つねひごろ》から表情の変化に乏《とぼ》しく、その端整《たんせい》な見目とも相まって、人形のようとさえ形容される少女なのだ。眉をひそめたり、頬《ほお》を緩めたりすることはあっても、彼女がこのように明確な『笑み』を作ったところは一度も見たことがなかった。

だからだろうか。士道は、初めて目にする折紙の表情から、彼女の感情を読み取ることができなかったのである。

「な、んで……笑う、んだよ……なあ、折紙……」

士道が問うと、折紙は更《さら》に笑みを濃《こ》くし、堪《こら》えきれないといった様子で身体を震わせ始めた。

「ふ——ふふ、ふふふっ」

そしてそれは、徐々《じょじょ》に大きくなっていく。

「ふふっ、あははっ、ははは……あははははははははははははっ！」

「お……り、が……み？」

折紙が、身を捩《よじ》って笑い出す。その異様な光景に、士道はただ呆然《ぼうぜん》とその名を呼ぶしかなかった。

その笑いが何を意味するのかが、わからない。だが、今目の前にいるのが、いつもの折紙でないことだけは嫌《いや》というほどに知れた。そのただならぬ様子に、心臓が早鐘《はやがね》のように鳴っていく。

——だが、すぐ異変に気づく。

折紙が……少し、笑いすぎな気がしたのだ。

「ひっ、ひーっ、ひーっ！　何その顔、何その顔！　あはははははっ！　変なの！　へーンなの！　あー苦し！」

「……折紙？」

士道は頬に汗《あせ》を垂らしながら、半眼で呟《つぶや》いた。……折紙が、腹を抱《かか》えて笑い転げている。あんまりに激しく動くものだから、時折スカートからパンツがちらちらと覗《のぞ》いていた。白かった。

と、折紙がケラケラと笑い転げていると、今し方折紙が入ってきた扉が再度開き、一人の少女が部屋に入ってきた。

可愛《かわい》らしい飾《かざ》りのついたキャスケットを被《かぶ》り、左手にウサギのパペットを着けた、小柄《こがら》な女の子である。その姿を見て、士道は思わず声を上げた。

「四糸乃《よしの》!?」

「は、はい……大丈夫《だいじょうぶ》ですか、士道さん」

四糸乃が心配そうな顔をしながら言ってくる。それに合わせるようにして、左手の『よしのん』がパカパカと口を開いた。

『いやー、見事にラチカンキンされてるねー。ほら四糸乃ー、チャンスだよー？　今だったら士道くんにやりたい放題だよー』

「……っ！」

四糸乃がかぁっと頬を赤くして、『よしのん』の口を押さえ込む。

『よしのん』の不穏《ふおん》な発言も気にかからないではなかったが、今はそれどころではない。

士道は声を上げた。

「四糸乃、逃《に》げろ！　今の折紙は普通《ふつう》じゃない！」

なぜ四糸乃がここにいるのかはわからない。だが、精霊を殺す、と言ってここを出ていった折紙の目に四糸乃を晒《さら》すのがどれだけ危険かだけは容易に理解できた。

しかし、四糸乃はぱちぱちと大きな目を瞬《また》かせると、未《いま》だに笑い転げている折紙の方に視線をやった。

そして、異常な様子の折紙を恐《おそ》れるでもなく、静かに口を開く。

「えっと……もういいと思いますよ……？」

「ふ、ふふ……ひ、ひー……ひー……」

四糸乃が言うと、折紙はようやく呼吸を整え、その場に身を起こした。そして乱れた前髪《まえがみ》をかき上げたのち、ふっと不敵な笑みを浮《う》かべたかと思うと、瞬間、その身体《からだ》が淡《あわ》く発光し始めた。

「な――」

士道が呆然と目を見開いていると、折紙のシルエットが段々と小さくなっていき――見覚えのある少女の姿に変貌《へんぼう》した。

「七罪《なつみ》!?」

そう。そこに現れたのは、今朝方士道を起こしにやってきた精霊、七罪――の本当の姿だった。どうやら、あの折紙は七罪が変身していたものだったようである。……道理で様子がおかしいはずだった。

あの折紙が偽者《にせもの》だったことと、二人が無事だったことにとりあえずは安堵の息を吐《は》く。

しかし七罪は、そのため息《いき》の意味をどう取ったのか、眉根を寄せながら士道の方を見てきた。

「……何よ、文句あるっての？　私が来たんじゃ不満？」

「いや、ないって……それより二人とも、なんでこんなところに？」

士道が問うと、四糸乃と七罪は目を見合わせたあと、口を開いてきた。

「あの……七罪さんに、街を案内してたんですけど……」

「その最中、なぜかあんたが折紙と歩いてるところを見ちゃったのよ。それで、四糸乃がどうしても気になるっていうから跡《あと》をつけたら――」

「な、七罪さん……」

四糸乃が恥《は》ずかしそうに七罪の服の裾《すそ》を引っ張る。すると七罪も「はっ」と顔を赤くし、四糸乃の服の裾を摑《つか》んだ。照れた二人が互《たが》いの服を摘《つま》み合う。……なんだか不思議な光景だった。

「と、とにかく、助かった！　頼《たの》む、この手錠《てじょう》とロープを解いてくれないか？」

士道が言うと、二人はまたも目を見合わせたのち、こくりとうなずいて士道の後ろに回ってきた。そして二人でガシャガシャと、手錠を弄《いじ》ったりロープの結び目を解こうとしたりし始める。だが――

「し、士道さん……手錠の鍵《かぎ》はないんですか……？」

「うわ何このロープ。結び方超《ちょう》複雑な上に結び目が接着剤《せっちゃくざい》で固められてるんだけど……」

どうやら、折紙を甘く見ていたらしい。せっかく助けが来てくれたのはいいが、これでは何も状況《じょうきょう》が変わらなかった。

しかし、そこで七罪がドンと自分の胸を叩《たた》いた。

「仕方ない。ここは私に任せてもらうわよ」

「え？　どうするつもりだ？」

「ちょっと待ってて」

言うと、七罪は目を閉じ、しばしの間無言でその場に立ち尽《つ》くした。

と、数秒後、何やら表情が苦しげなものに変化していったかと思うと、のどを掻《か》き毟《むし》るように小刻みに指を動かし――急にカッと目を見開く。

「――うるせーこんちくしょぉぉぉぉぉッ！」

七罪が、意味不明な叫《さけ》びを発する。するとその瞬間《しゅんかん》、士道の身体を縛《いまし》めていたロープと手錠が淡く輝《かがや》き、ふわふわの綿に変化した。

「こ、これは……！」

士道は両手を身体の前に持ってきながら驚愕《きょうがく》に目を見開いた。

「七罪、おまえ、どうやって霊力《れいりょく》を」

士道が問うと、七罪は疲《つか》れたように額の汗を手で拭《ぬぐ》いながらふうと息を吐いた。

「ん……なんか頭の中でイヤーな気分になることを思い浮かべると、ちょっとだけ力が戻《もど》ることに気づいたのよね。まあ、できることなんてたかが知れてるけど」

「嫌な気分に……？」

「……ええ。ちなみに今のは、学校の昼休み、友だちもいないからトイレの個室で一人お弁当を食べてたら、うっかり鍵をかけるのを忘れてて、扉《とびら》を開けた同じクラスの子と鉢合《はちあ》わせちゃうシーンをイメージしたわ」

「うわ……それは恥ずかしい」

「……それで教室に戻ったら、なんかみんなが私の方見てクスクス笑ってる気がするの。えー、マジでー？　そういうの本当にあるんだー。えー、なんかばっちくなーい？」

「やめて！」

あまりに悲しいシーンに、士道は思わず耳を塞《ふさ》いで叫びを上げた。

だがすぐに、今はそんなことをしている場合ではないと思い直す。手首と身体にまとわりついた綿を取り去り、椅子《いす》から立ち上がる。長い時間同じ姿勢で固定されていたため、身体の節々が痛んだ。

とにかく、急いで十香《とおか》たちのもとに戻らねばならない。最悪の場合、既《すで》に折紙が十香たちと接触《せっしょく》している可能性すらあったのだ。

と、そこで士道は、「あ」と声を発した。

「そうだ……！　二人とも、携帯《けいたい》電話を持ってたら貸してくれないか？」

「え？　あ、はい、どうぞ」

士道が言うと、四糸乃がポケットの中から、青い携帯電話を取り出してきた。

礼を言ってそれを受け取ると、アドレス帳から五河《いつか》家（2）という名を選んで電話をかける。

この五河家（2）というのは、〈フラクシナス〉を表す符丁《ふちょう》である。緊急《きんきゅう》時に連絡《れんらく》が取れるよう、精霊《せいれい》たちに支給される携帯電話には、例外なくこの番号が登録されていた。

これで〈フラクシナス〉と連絡が取れれば、転送装置を使ってすぐに十香たちのもとに駆《か》けつけることができる。最悪の場合でも、琴里に十香たちのサポートを頼むことができるだろう。

しかし、電話口から聞こえてきたのはコール音やクルーの声ではなく、ツー、ツー、という無機質な音だった。

「……どういうことだ？」

琴里個人の携帯電話ならばまだしも、これは〈フラクシナス〉の専用回線のはずだ。たとえ空間震で携帯電話の基地局が吹《ふ》き飛んでも通信が可能な、固有の回線を使っていると言っていたのを覚えている。

――まさか、〈フラクシナス〉に何かあったというのだろうか。士道は胸の裡《うち》に広がる不安感に、思わず顔を歪《ゆが》めた。

「あの、士道さん……？」

その表情を不安がったのか、四糸乃が心配そうに言ってくる。

「ああ……悪い。ありがとう」

言って、士道は四糸乃に携帯電話を返すと、部屋の出入口に爪先《つまさき》を向けた。

「二人とも、頼む！　俺はここがどこかわからないんだ。知ってる場所まで案内してくれないか？――十香たちが、危ないんだ」

士道が言うと、四糸乃と七罪は一瞬キョトンとした顔を作り、しかしすぐに真剣《しんけん》な眼差《まなざ》しでこくりと首肯《しゅこう》してきた。

◇

「う……ぐ……」

顔を歪めながら、十香は身を起こした。どうやら、少しの間気を失ってしまっていたらしい。

胸元《むなもと》に触《ふ》れると、そこにべったりと血が付着していることがわかる。しかしそれも当然だ。何しろ絶対の鎧《よろい》であるはずの霊装が、折紙のレイザーブレイドによって無残にも切り裂《さ》かれたのである。

「私は……」

「……ああ、十香さん……目が覚めましたかぁ」

十香が眉《まゆ》をひそめながら呟《つぶや》くと、そんな弱々しい声が聞こえてきた。

顔を上げると、ボロボロに裂かれた限定霊装を纏《まと》った美九《みく》が、肩《かた》で息をしながら十香を守るように立っているのが見て取れた。白い肌《はだ》には幾《いく》つもの裂傷《れっしょう》や打撲《だぼく》の痕《あと》があり、まさに満身創痍《まんしんそうい》という有様である。二本の足で立っているのが不思議なくらいだった。

「美九！　だ、大丈夫か……!?」

「はいー……なんとか。十香さんこそ大丈夫……で――」

言葉の途中《とちゅう》で、美九はその場に膝《ひざ》を突《つ》き、がくりとくずおれた。慌《あわ》てて駆け寄り、その身体を支える。

「しっかりしろ、美九！　美九！」

美九は十香の声に応《こた》えるように弱々しく微笑《ほほえ》むと、ふっと目を閉じた。同時、身体《からだ》からぐったりと力が抜《ぬ》け落ちる。どうやら、気を失ってしまったらしい。

と、その瞬間。前方から、瓦礫《がれき》を踏《ふ》みしめる足音が聞こえてきた。

視線をやる。するとそこに、鈍色《にびいろ》の鎧を纏った死神の姿を認めることができた。

「鳶一――折紙……ッ!!」

憎悪《ぞうお》を込《こ》めて、少女の名を呼ぶ。その声に応ずるように、折紙は冷淡《れいたん》な視線を十香に寄《よ》越《こ》してきた。

彼女の足下《あしもと》には夕弦《ゆづる》が、そして少し離《はな》れた位置に耶倶矢《かぐや》が倒《たお》れていた。どちらもまだ意識はあるようだったが、その身体は美九と同じく傷だらけで、思わず目を背《そむ》けてしまいたくなるほどに痛ましかった。

そのどれもが、十香が気絶してしまっている間に、激しい戦いがあったことを示していた。――恐らくは、折紙の手から、無防備な十香を守るための。

十香はギリと奥歯を嚙《か》みしめると、美九の身体を優《やさ》しく横たえ、〈鏖殺公《サンダルフォン》〉を手に立ち上がった。

「貴様……一体なぜこんなことをする……！」

「問いの意味がわからない」

折紙はぴくりとも表情を変えず、返してきた。

「あなたたちは精霊。世界を殺す災厄《さいやく》。人類に仇《あだ》なす存在。それだけで理由は事足りる。何度も言わせないで」

折紙は至極《しごく》落ち着いた様子でそう言うと、左手の指をくい、と曲げた。するとそれに合わせるように、彼女の足下に倒れていた夕弦の身体が、見えない手に持ち上げられるように浮《う》かび上がる。

「苦……悶。マスタ……折紙、なぜ……」

「…………」

折紙は小さく眉根を寄せると、夕弦の首に手を伸《の》ばし、その言葉を中断させた。折紙の手に力が込められ、夕弦ののどから苦しげな声が漏《も》れる。

しかし折紙は構わず、右手に握《にぎ》ったレイザーブレイドを、夕弦の腹部に突き立てるように構えた。

「貴様……！」

叫び、十香は〈鏖殺公《サンダルフォン》〉を構えた。が——それより一拍《いっぱく》早く、折紙に飛びかかる影《かげ》があった。——耶倶矢だ。瓦礫に埋《う》もれて倒れ伏《ふ》していた耶倶矢が、全身の至る所から夥《おびただ》しい血を流しながら、巨大《きょだい》な槍《やり》を構えて折紙に突撃《とつげき》したのである。

「──夕弦に何してくれてんだ、折紙ィィィィィィッ!!」

耶倶矢が目を血走らせ、悪鬼《あっき》の如《ごと》き形相で折紙に襲《おそ》いかかる。不意の一撃に折紙も対応しきれなかったのか、耶倶矢の槍は折紙の随意領域《テリトリー》を越《こ》えて、CR-ユニットの一部を傷つけた。

「く──」

だが、そこまでだった。折紙が眉根を寄せると同時、見えない手に押し潰《つぶ》されるように、耶倶矢の身体が地面に落ちた。

「ぐ……ッ!」

耶倶矢はそれでも諦《あきら》めず顔を上げようとしていたのだが、随意領域《テリトリー》の圧倒《あっとう》的な力の前に為《な》す術《すべ》もなく倒れ伏した。

「耶倶矢!」

このままでは、耶倶矢と夕弦が危ない。十香は言うが早いか地を蹴《け》り、折紙に向かって走り出した。

が、折紙に至る遥《はる》か前で、十香は足を止めた。──否《いな》、不可視の壁《かべ》に阻《はば》まれ、止めさせられた。

どうやら折紙がこの範囲《はんい》まで随意領域《テリトリー》を広げたらしい。身体の自由が奪《うば》われ、折紙を止めるどころか、剣《けん》を振《ふ》るうことさえできなくなる。

「く、鳶一折紙、貴様……！」

苦しげに呻《うめ》くも、折紙はまったく意に介《かい》さない様子で、再びレイザーブレイドを構え、夕弦に視線を向けた。

「――長かった。私はようやく手に入れた。精霊を倒す力を。――悲願を達する力を」

独白のように呟いて、折紙が細く、長く息を吐《は》く。

それはまるで、己《おのれ》の中に燻《くすぶ》る最後の迷いを、逡巡《しゅんじゅん》を、吐息《といき》にして吐き出しているように見えた。

「この一撃を以《もっ》て、私は、私を取り戻す。世界の精霊は、全《すべ》て私が倒す。もう二度と――この世に私のような人間が生まれないように」

折紙は自分に言い聞かせるようにそう言ってから視線を鋭《するど》くすると、レイザーブレイドを握る手に力を込めた。

「鳶一折紙……ッ！」

十香はのどを震《ふる》わせ、折紙の名を呼んだ。だが、十香の身体を縛《しば》る随意領域《テリトリー》は微塵《みじん》も緩《ゆる》もうとしない。

しかし、十香は諦めるわけにはいかなかった。今この場で折紙と戦えるのは十香しかいないのだ。十香が剣の切っ先を下げた瞬間《しゅんかん》、耶倶矢は、夕弦は、そして美九は、間違《まちが》いなく殺されてしまう。

今の折紙であれば、やる。そして——それを成した彼女は、きっとそれまでとは違う生き物になってしまうに違いなかった。

なぜかはわからない。だが十香は、それがどうしても許せなかった。

「う——あ、ああああああああッ！」

十香は大声を発し、随意領域《テリトリー》の縛《いまし》めから逃《のが》れようと全身に力を入れた。

しかし——足りない。今までの折紙のそれとは比べものにならない強度を誇《ほこ》る随意領域《テリトリー》は、微塵も緩もうとしなかった。

今のままでは、駄目《だめ》だ。この状態では、皆《みんな》を助けることができない。

——力が必要だった。もっと、もっと大きな力が。

「……ッ」

それを認識した瞬間、十香を途方《とほう》もない悪寒が襲った。

この感覚には覚えがある。数ヶ月前——DEMの日本支社で、士道がエレンに殺されてしまいそうになったときに感じたそれとよく似た気持ちの悪さだ。

自分の中に自分以外の何かが現れ、手を取られるかのような感覚。己の意識が希薄《きはく》になって、その代わりに、得体の知れない真っ黒いものが頭の中を満たしていくような恐怖感《きょうふ》が襲ってくる。

十香は奥歯を噛みしめた。その感覚が何なのかはわからない。だが、本能的に察する。

――その力では、皆を救うことはできない、と。

十香は、十香のままでいなければならない。

耶倶矢を救うために。

夕弦を助けるために。

美九を生かすために。

そして――あの女を。

不遜《ふそん》で、横暴で、愛想《あいそ》がなくて、口が悪くて、何を考えているのかわからなくて、いつも十香の邪魔《じゃま》ばかりする、十香が大嫌《だいきら》いな――あの気高い少女の手を取るために。

十香は、十香であるまま、剣を振るわなければならなかった。

「シドー――私に、力を貸してくれ……ッ！」

十香は士道の名を呼び、天使〈鏖殺公《サンダルフォン》〉の柄《つか》を握る手に、力を込めた。

「――ああああああああああああああああああああああッ！」

頭の中で何かが弾《はじ》けるようなイメージ。十香は身体の中に、何か温かいものが流れ込んでくるような感覚を覚えた。

「……っ⁉」

八舞《やまい》夕弦の首に手をかけ、今まさにその身体を貫《つらぬ》かんとしていた折紙は、突然《とつぜん》前方に生まれた光に眉をひそめた。

随意領域《テリトリー》で以てその動きを止めていた夜刀神《やとがみ》十香が叫《さけ》びを上げたかと思った瞬間、その身体が、目映《まばゆ》く輝《かがや》きだしたのである。

そして、異常はそれだけでは終わらなかった。十香を足止めしていた随意領域《テリトリー》から、不意に十香の感覚が消え去ったのだ。

否──違う。折紙は視線を鋭くした。十香が消えたわけではない。十香を包んでいた随意領域《テリトリー》の一部が、まるで穴が開いたかのように消え去っていたのである。

「────‼」

次の瞬間、折紙は凄《すさ》まじい殺気を感じ、夕弦の首を握る手を離して後方へと飛び退《の》いた。

するとその一瞬あと、折紙がいた空間を、淡《あわ》く輝く剣が光の軌跡《きせき》を残しながら通り抜けていく。

「な……」

折紙が狼狽《ろうばい》に目を見開くと同時、随意領域《テリトリー》から解放され、その場に落ちようとしていた夕弦の身体を、何者かの手が支えた。

次第《しだい》に光が収まっていき、その姿が見取れるようになる。

そこに現れた少女の姿を目にして、折紙は思わず息を詰《つ》まらせた。

風に遊ぶ夜色の髪《かみ》。静かに折紙を見つめる水晶《すいしょう》の双眸《そうぼう》。その手に握られるは燐光《りんこう》を放つ大剣。──そう。夜刀神十香である。

だが問題は、彼女がその身に纏《まと》っているモノだった。

肩《かた》に、胸に、腰《こし》──身体の各所を鎧《よろ》う紫紺《しこん》の甲冑《かっちゅう》に、淡い輝きを放つ光のスカート。見る者を圧倒《あっとう》する絶対的な威容《いよう》に満ちたその姿は、つい先ほどまでの十香とはまるで別のものだった。

──霊装《れいそう》。精霊が精霊たることを示す、絶対最強の鎧《よろい》にして、城。

今まで十香たちが纏っていた限定的なものではない、完全にして無欠なるその姿に、折紙はごくりと息を呑《の》んだ。

最後に『それ』を見たのは、半年以上前になるだろうか。

夜刀神十香が学校に転校してくる前、高台の上で、折紙が殺されかけた相手。

──剣の精霊〈プリンセス〉が、そこにいた。

「その、姿は……」

折紙が表情を険しくしながら呟《つぶや》くように言うと、十香は夕弦を耶倶矢の隣《となり》に寝《ね》かせてから、悠然《ゆうぜん》と顔を上げた。

「鳶一折紙。私は貴様が嫌《きら》いだ。今も、昔も、変わらずな。──だが、今の『嫌い』は、昔の『嫌い』と、たぶん、少し、違う。だから──」

そして、折紙の目を見据《みす》え、手にした天使の切っ先を向けてくる。

「滅《ころ》すつもりでいく。──死ぬなよ、折紙」

十香が、静かな──しかし底冷えのするような声音《こわね》で言う。

「……ッ」

その言葉を聞いただけで、折紙は心臓を射られるかのような錯覚《さっかく》を覚えた。

圧倒的な威圧感。絶望的なまでのプレッシャー。少しでも気を抜《ぬ》いたなら、一瞬にして首を飛ばされそうな剣気が、折紙の全身を襲う。

「…………」

しかし、折紙は退《ひ》かなかった。──否、むしろ、この十香をこそ、折紙は待っていたのかもしれない。

かつて折紙を一撃の下《もと》に斬《き》り伏せた最強の精霊。完全なる〈プリンセス〉を打ち倒《たお》してようやく、折紙は前に進むことができる気がしたのだ。

「はぁ……ッ！」

折紙は裂帛《れっぱく》の気合いとともに、随意領域《テリトリー》を自分の身体《からだ》と装備のみを包む程度に収縮させて強度を高めた。どうせ展開範囲を広げたところで、今の十香の動きを縛ることなどできはしない。ならば無駄に魔力を使うよりも防御《ぼうぎょ》を固めた方が利口である。

レイザーブレイドを振りかぶり、光の刃《やいば》を十香に振り下ろす。十香は微《かす》かに眉《まゆ》を揺《ゆ》らすと、〈鏖殺公《サンダルフォン》〉で以てそれを受け止めた。

だが、それこそ折紙の狙《ねら》い通りである。折紙は脳内で指令を発し、レイザーブレイドの刃の一部を分離《ぶんり》させた。

DEM製CR－ユニット〈メドラウト〉の主兵装であるこの〈クラレント〉は、随意領域《テリトリー》内で本体を可変させることにより、魔力砲《ほう》〈クラレント・カノン〉と、レイザーブレイド〈クラレント・ソード〉の二形態に変形させることができる武器である。

しかしそれはあくまで、それぞれの性能に適した形に武器を可変させているだけであって、変形によって片方の能力が失われるわけではない。

高度な随意領域《テリトリー》操作と膨大《ぼうだい》な生成魔力を要するものの、やりようによっては〈ソード〉形態の刃を保ったまま、砲撃《ほうげき》を行うことが可能なのだ。つまりは——このように。

〈鏖殺公《サンダルフォン》〉と鍔迫《つばぜ》り合いをしているレイザーブレイドの銃口《じゅうこう》から、上方に魔力光が迸《ほとばし》り、空中で散って雨のように十香に襲《おそ》いかかる。

無論、折紙としても十香と打ち合いながらの砲撃である。威力はそこまで高くはない。普通《ふつう》であれば〈鏖殺公《サンダルフォン》〉の一撃で以て、容易《たやす》く打ち払《はら》われる豆鉄砲に過ぎないだろう。

だが今は、その〈鏖殺公《サンダルフォン》〉を折紙が押さえている状態である。無理にその攻撃《こうげき》を払おうとすれば、対する折紙の斬撃《ざんげき》をもらうことになる。どちらにせよ、十香はダメージを避《さ》け得ない。

——はず、だった。

「はッ！」

しかし十香は、折紙と打ち合ったまま地を蹴《け》ると、そのまま圧倒的な膂力《りょりょく》で以て折紙を後方へ押しやり、砲撃の着弾範囲《ちゃくだんはんい》から無理矢理脱《だっ》してみせた。

「く——」

眉をひそめ、呻《うめ》きを発する。やはり、先ほどまでとは霊力が、そして腕力《わんりょく》までもが桁違《けたちが》いである。単純な力押しでは勝ち目がない。折紙はレイザーブレイドの角度をずらして十香の剣《けん》を受け流すと、目にも留まらぬ速度で連撃を放った。

常人であれば一撃で身体が消し飛ぶであろう剣撃を、幾度《いくど》も十香に叩《たた》き込む。だが十香はそれらの太刀《たち》筋《すじ》を全《すべ》て捉《とら》え、的確に受け止めてきた。

「――たあッ！」

十香が連続攻撃の隙《すき》を突《つ》き、〈鏖殺公《サンダルフォン》〉を滑《すべ》らせるようにして突きを放ってくる。

「く……っ」

しかし、折紙にはその攻撃が見えた。そして、受け止めることができた。

打ち払い、斬り上げ、突き、薙《な》ぎ、受け止め、振《ふ》り下ろす。

嵐《あらし》の如《ごと》き剣撃が、双《そう》方向から吹《ふ》き荒《あ》れる。

――いける。折紙は〈クラレント〉を握《にぎ》る力を強めた。

実力は、ほぼ互角《ごかく》。折紙はもう、為《な》す術《すべ》もなく十香に斬り伏《ふ》せられていた頃《ころ》の折紙ではない。

今の折紙は、完全な状態の精霊と戦うことができる。

人間の英知は、世界を殺す災厄《さいやく》にも通用する。

それは、折紙が幾年《いくとせ》も望み、焦《こ》がれた悲願だった。

折紙は、間違《まちが》っていなかった。折紙が今まで積んだ鍛錬《たんれん》は、無駄ではなかった。

――CR‐ユニット〈メドラウト〉。これさえあれば、折紙は倒すことができる。夜刀神十香を。八舞姉妹《しまい》を。誘宵《いざよい》美九を。そして五年前、折紙の両親を殺した精霊を。

そう。――五年前の精霊。DEMに所属することを条件に、折紙はエレン・メイザースからその存在の情報を得ていた。

具体的な姿や能力が知れたわけではない。情報そのものとしては、そこまで価値があるものとはいえなかった。

だが、確かに五年前、あの街には、〈イフリート〉五河琴里以外の精霊がいたのだ。それが立証されただけでも、DEMの情報には大きな価値があった。

今の折紙ならば、成せる。あの精霊を見つけさえすれば、その首を飛ばすこ、と、が

――


「え……？」

だがそこで、折紙を強烈《きょうれつ》な頭痛が襲った。

一瞬《いっしゅん》、十香の攻撃を捌《さば》ききれず、頭部に斬撃を貰《もら》ったのかとも思ったが――違う。これは、明らかに内側からの痛みだった。

次の瞬間、意識が点滅《てんめつ》するように途切《とぎ》れ、視界が赤く染まっていく。

「あ──」

「はぁッ！」

そんな隙を、十香が見逃《みのが》すはずはなかった。がら空きになった胴《どう》に、〈鏖殺公《サンダルフォン》〉が横薙ぎに叩き付けられた。

あらゆるものを調伏《ちょうぶく》させる、絶対的な暴君の一撃。折紙の身体は風に弄《もてあそ》ばれる木の葉のように軽々と、一直線に後方へと吹き飛ばされた。

その勢いのままに瓦礫《がれき》を幾つも砕《くだ》き、建造物の壁《かべ》を貫き、もはや十香の姿さえ見えないくらいの距離《きょり》に達し──地面を二転三転してようやく、仰向《あおむ》けに倒れ込む。

「く、は……ッ」

随意領域《テリトリー》を固めていたため辛《かろ》うじて致命傷《ちめいしょう》は避けられたが、全身のダメージは深刻だった。打撲《だぼく》に、裂傷《れっしょう》。出血も酷《ひど》い。通行人に目撃されたならば、問答無用で救急車を呼ばれてしまうであろう有様である。

否《いな》。本当に深刻なのは体表の傷などではなかった。折紙は手で顔を拭《ぬぐ》い、そこに付着した赤黒い血を見て奥歯を噛《か》みしめた。

鼻から、目から、出血をしている。この症状《しょうじょう》は初めてではなかった。討滅《とうめつ》兵装〈ホワイト・リコリス〉を無理に使用したときにも見られた、活動限界である。

「ぐ……っ」

完全な力を取り戻《もど》した十香に対するため、知らず知らずのうちに脳を酷使《こくし》しすぎていたらしい。折紙は悔《くや》しげに歯噛みし、仰向けのまま地面を殴《なぐ》りつけた。

——何が互角だ。何が精霊《せいれい》と戦うことができるだ。結局のところ、折紙は命を削《けず》りながら、どうにか十香の力に追い縋《すが》っていたに過ぎなかったのだ。

「私、は……」

折紙は震《ふる》える手を天に伸《の》ばした。まるで——神に縋る敬虔《けいけん》な信徒のように。

無論、折紙は神を信じてなどいない。目の前で両親が殺された五年前のあの日から、折紙の頭中から神という言葉は消えた。

だが、もしも。

この世に神や悪魔《あくま》が本当に存在するのならば、折紙はどんな犠牲《ぎせい》を払おうとその手に縋るに違いなかった。それこそ、目的を達したあとに心臓を捧《ささ》げねばならないという契約《けいやく》であろうと。

自分らしくない考えであることはわかっていた。存在しないものに望みを託《たく》すなど、愚《ぐ》の骨頂という他《ほか》ない。己《おのれ》を助くのは己のみである。祈《いの》る時間があるのならば鍛錬をした。

願う時間があるのならば戦略を練った。そうして作り上げられたのが、鳶一折紙という魔術師《ウィザード》なのだ。

だが——もう、折紙には何も残されていなかった。

血反吐《ちへど》を吐《は》くような訓練、寝る間を惜《お》しんだ研究、身体に負担を強《し》いる最新鋭《さいしんえい》の装備、死と隣《とな》り合わせの実戦。考え得《う》る全てを、折紙は積み上げてきた。

その結果が、これなのだ。

全てを犠牲に練り上げたはずの力は、結局精霊に通じなかった。

その残酷な現実だけが、折紙の長い戦いの果てに待っていたものだった。

「わ、たし、は——」

折紙の頭に、ふっと諦観《ていかん》が過《よ》ぎる。

折紙は弱々しく息を吐くと、天にかざした手を、力なく下ろしていった。

——だが、その瞬間。

【——ねえ、君。力が欲《ほ》しくはない？】

そんな折紙の耳に、男のものとも女のものともつかぬ声が、聞こえてきた。

「え――？」

突然《とつぜん》響《ひび》いた言葉に、目を見開き、よろめきながらも身体を起こす。

するとそこに、得体の知れない『何か』が立っているのがわかった。

『何か』という他に形容しようのないモノである。そこに存在していることは認識できるのに、その実像が捉えられない。存在の解像度が粗《あら》いとでもいうのだろうか、まるで全体にノイズがかかっているかのような錯覚《さっかく》さえ覚えた。

「あなたは……何？」

折紙は思わず『誰《だれ》』ではなく『何』という表現を使ってしまった。それが『何か』にも伝わったのだろうか、何やら可笑《おか》しそうにくつくつと笑い声を響かせる。

【私が何かなんてことは、今はどうでもいいよ。それよりも、答えて？　君は、力が欲しくはない？　何者にも負けない、絶対的な力が、欲しくはなぁい？】

「…………ッ」

折紙は眉根《まゆね》を寄せ、息を詰《つ》まらせた。

一瞬、顕現装置《リアライザ》使用のダメージによって自分の頭がおかしくなってしまったのではないかと疑う。明らかに異常な事態だった。こんなものに取り合うなど、およそ正気の沙汰《さた》ではない。

だが、その問いに対する答えは決まり切っていた。半ば無意識のうちに、折紙の唇《くちびる》は動いていた。

「そんなの——欲しいに決まってる」

折紙は吐き捨てるように、その言葉を口にした。

「私は……力が欲しい。何をおいても。何を犠牲にしても……！　私の悲願を達することのできる、絶対的な力が欲しい！　何者をも寄せ付けない、最強の力が……欲しいッ！」

【そう】

『何か』が、短く答える。

なぜだろうか。表情など見とれはしないのに——『何か』が一瞬、ニッと笑った気がした。

【——なら、私があげる。君が望むだけの力を】

そう言って、『何か』は折紙に向かって何かを差し出してきた。

皓《しろ》い輝《かがや》きを放つ、宝石のような物体である。その幻想《げんそう》的な輝きに、折紙は一瞬目を奪《うば》われてしまった。

「これは……」

【力が欲しいのなら、手を伸ばして】

「…………」

折紙は訝《いぶか》しげに眉をひそめながらも、ゆっくりと手を伸ばし……その宝石に触《ふ》れた。

瞬間。

「な……ッ」

宝石が凄《すさ》まじい輝きを放ったかと思うと、そのまま空中に浮《う》かび上がり——折紙の胸に吸い込まれていった。

「な、にが……」

折紙が自分の胸元《むなもと》を見下ろしながら呆然《ぼうぜん》と呟《つぶや》くも、もうそこには宝石の姿はなかった。

「今のは、一体——」

顔を上げて問おうとし、折紙は言葉を止めた。今の今までそこにいた『何か』の姿が、忽然《こつぜん》と消え去っていたのである。

「…………」

やはり、極限状態に追い込まれた自分が見てしまった幻覚だったのだろうか。折紙はそう結論づけて額に手を置いた。

しかし、そのとき。

「あ……？」

どくん、と大きく心臓が脈動し、折紙は眉根を寄せた。

身体《からだ》の中に新たな心臓ができて、それまでとは異なる熱い血流を全身に放出していくような感覚。これまで感じたことのない異常な感触《かんしょく》に、折紙は思わずその場に膝《ひざ》を突《つ》いた。

「あ、あ、あ、あああ、あ、あ——」

朦朧《もうろう》とする意識の中で。

折紙は、自分が別の存在に生まれ変わるかのような感覚を覚えた。

◇

「……ッ！　何事!?」

陸上自衛隊天宮駐屯地《てんぐうちゅうとんち》に突如《とつじょ》響いた警報に、ＡＳＴ隊長・日下部《くさかべ》燎子《りょうこ》はのどを震わせた。

通常ならばＡＳＴは訓練をしている時間であるのだが——今日はとある事情から、管制室に出向いていたのである。

燎子の声に、管制官がコンソールを操作し、ヒッと息を詰まらせる。

「こ、これは——凄まじい霊波反応です！」

「霊波反応……って、これもＤＥＭが!?」

燎子は忌々《いまいま》しげに眉をひそめた。

そう。実は霊波反応自体は、先ほどからいくつも観測されていたのだ。

〈ベルセルク〉、〈ディーヴァ〉、そして――〈プリンセス〉。

特に〈プリンセス〉の反応は、途中からその霊波を増し、かつて交戦したときの力を示していたのである。

街中にそんな怪物《かいぶつ》たちが現れているというのに、精霊を倒《たお》すことを目的に組織された燎子たちASTが未《いま》だこんなところにいる理由は、至極《しごく》単純なものだった。――DEMインダストリーだ。

あの会社が特殊《とくしゅ》な演習を行うとかで、ASTに手出しをさせないよう防衛省を通じて圧力をかけてきたのである。

ゆえに燎子たちは、街中に精霊が出現しているのを知りながら、管制室でレーダーを睨《にら》んでいることしかできなかったのだ。

と、画面の数値に視線を落としていた管制官が、戦慄《せんりつ》した調子でごくりと息を呑《の》む。

「ち、違《ちが》います……！　これは――DEMの事前通達の中には入っていなかった反応です！」

「何ですって!?」

管制官の言葉に、燎子は叫《さけ》びを上げ、管制官の肩《かた》に手を置いてその画面を覗《のぞ》き込んだ。

確かに、今まで存在していた精霊たちとは別に、霊波反応が観測されている。しかもその数値は、完全な力を振《ふ》るう〈プリンセス〉に勝《まさ》るとも劣《おと》らない、強大に過ぎるものだった。

「演習中に、別の精霊が現れたってこと!?　しかも空間震が起きてないってことは、静粛《せいしゅく》現界……!?」

燎子は表情を険しくした。控《ひか》えめに言って、今すぐにでも非常事態宣言を出さねばならないような状況《じょうきょう》だ。もしこの精霊と〈プリンセス〉が戦闘《せんとう》を始めたりしてしまったなら、一体どれだけの被害《ひがい》が出るか想像もつかない。

「隊長っ！」

と、その瞬間《しゅんかん》、管制室の扉《とびら》が勢いよく開け放たれたかと思うと、小柄《こがら》な少女二人が入ってきた。AST隊員・岡峰美紀恵《おかみねみきえ》と、整備班のミルドレッド・F・藤村《ふじむら》である。美紀恵の方は既《すで》にワイヤリングスーツを纏《まと》っている。

「AST全隊、準備はできています！」

「CR-ユニットの方も万全《ばんぜん》ですよー。いつでも即座《そくざ》にフルパフォーマンスです」

「美紀恵……ミリィ……」

燎子はその名を呼んで、小さく息を吐いた。

つい今し方発生したばかりの霊波反応に、ここまで迅速《じんそく》に対応できるはずはない。恐《おそ》らく、もうずっと前から出撃《しゅつげき》準備を整えていたのだろう。——彼女らも、燎子と同じ気持ちであったわけだ。

折紙に懲戒《ちょうかい》処分が下されたときは、さんざ動揺《どうよう》して自分もASTを辞《や》めるとまで言い出した美紀恵も、今はもう立派にその職務を果たしていた。いつの日か折紙が戻《もど》ってきたときに、情けない姿は見せられないと、己《おのれ》を奮い立たせているのである。燎子は部下の成長に、ふっと口元を緩《ゆる》めた。

それと同時、管制官が声を上げる。

「——！　隊長、本部より入電！」

「はっ、タイミングのいいことね」

たぶん、出撃命令だろう。燎子はそう目算をつけて、ポケットから緊急《きんきゅう》着装デバイスを取り出した。

だが。

「ッ、え、ASTは、全隊待機を続けよ……とのことです」

管制官の発した言葉に、燎子と美紀恵、ミリィは目を見開いた。

「ど、どういうことよ。街中に精霊が出現したのよ⁉」

「そ、そう言われましても……」

管制官が困り顔を作る。まあ、そうだろう。彼女は上からの指令をそのまま伝えただけだ。

「ぐ……っ」

燎子は悔《くや》しげに奥歯を嚙《か》みしめると、拳《こぶし》を固めてガン！　と壁《かべ》を殴《なぐ》りつけた。

「この非常時に出動しなくて、一体何のためのＡＳＴよ……ッ！　本部の頭でっかち共は、そんなにＤＥＭが怖《こわ》いっていうの……⁉」

一瞬、折紙の顔が脳裏《のうり》を過ぎる。

色々と問題の多い隊員ではあったが——彼女は、己の信念に悖《もと》る行為《こうい》だけは決してしなかった。きっと折紙ならば、待機命令を無視して、迷うことなく出動していただろう。

だが。今燎子がそれをすれば、上層部は大喜びで隊長の首をすげ替《か》えにかかるに違いなかった。——恐らく、もっと扱《あつか》いやすい、ＤＥＭの息がかかった魔術師《ウィザード》に。それだけは、どうしても避《さ》けねばならなかった。

「た、隊長……」

美紀恵が、心配そうな顔を作ってくる。

燎子は数瞬の間懊悩《おうのう》したのち、

「……全隊、待機を続けなさい……ッ」

吐《は》き捨てるように、そう言った。

◇

「大丈夫《だいじょうぶ》か、耶倶矢、夕弦！」

〈鏖殺公《サンダルフォン》〉の一撃で折紙を吹《ふ》き飛ばしたあと、十香は地面に横たわった八舞姉妹《しまい》のもとに駆《か》け寄った。

折紙を追撃することもできたのだが、十香はあえてそれをしなかった。もとより折紙を殺すのが目的ではなかったし——何より、今は耶倶矢たちの無事を確認することが第一であったのだ。

十香の声に応《こた》えるように、耶倶矢がよろよろと身を起こし、夕弦が力なく手を振ってくる。お世辞にも浅い傷とは言えないが、とりあえず意識はあるようである。十香は安堵《あんど》に息を吐いた。

「十香……その姿」

耶倶矢が痛みを堪《こら》えるように小さく唸《うな》ってから、十香の方に視線を寄越《よこ》し、その装《よそお》いを興味深げに矯《た》めつ眇《すが》めつ眺《なが》めてくる。

十香は一瞬首を捻《ひね》りかけたが、すぐにその理由に気づいた。今十香の身には、完全な霊《れい》装《そう》が顕現《けんげん》していたのである。

「うむ、皆《みな》を助けねばならないと思ったら、力が戻っていたのだ」

十香が言うと、耶倶矢がもう一度十香の霊装をジッと見つめ、ぶー、と唇《くちびる》を突き出した。

「……くそう、格好いいなあ。なにその土《ど》壇場《たんば》ヒーロー的なポテンシャルパワーの引き出し方。眷属《けんぞく》が主《あるじ》より目立つんじゃねーし。あとで私にもやり方教えてよね」

「む……うむ」

耶倶矢の言葉に思わずうなずく十香だったが……やり方と言われても上手《うま》く説明できなかった。十香自身、なぜ士道に封印《ふういん》されていたはずの霊力が急に戻ってきたかわかっていなかったのだ。

「……けほっ、けほっ」

と、そこで夕弦が一拍遅《いっぱくおく》れて身を起こし、苦しげに数度咳《せ》き込んだ。

「……質、問。十香、マスター折紙は……？」

言って、視線を向けてくる。十香はそれに応ずるようにこくりとうなずいた。

「剣《けん》の腹で思い切り殴りつけてやった。しばらくは戦えんだろうが、死にはするまい。確かあやつらは身体の周りにテリヤキーとかいうのを張っていたからな」

十香が〈鏖殺公《サンダルフォン》〉の切っ先を地面に当てながら言うと、耶倶矢と夕弦が左右対称《たいしょう》の動作で首を傾《かし》げた。

「……テリヤキー？」

「訂正《ていせい》。……随意領域《テリトリー》のことですか？」

夕弦が言ってくる。そういえばそんな名前だった気がした。

「そう、その照り鶏《とり》ーとかいうやつだ」

『…………？』

今度はちゃんと合っているはずなのに、なぜかまたも八舞姉妹が不思議そうに首を捻る。

だが、今はそんなことに構っている場合ではない。十香は八舞姉妹から視線を外し、後方に目をやった。

滅茶苦茶《めちゃくちゃ》に破砕《はさい》された道路の上に、美九がぐったりと横たわっていたのである。

「美九！」

呼びかけるも、返事はない。どうやらまだ意識は戻っていないらしい。十香は美九のもとに駆け寄ると、膝を折ってその顔を覗き込んだ。

しかしそこにあったのは、予想に反して随分《ずいぶん》と安らかな寝顔《ねがお》だった。すうすうと寝息を立て、時折むにゃむにゃと寝言さえ言っている。十香ははあと安堵の息を吐いた。

「くく……目覚めたならば礼を言っておくがよいぞ、十香。気絶した御主《おぬし》を、身を挺《てい》して護《まも》っていたのはそやつぞ」

「首肯《しゅこう》。立派でした。終始足は震《ふる》えていましたが」

耶倶矢と夕弦が互《たが》いに支え合いながら、十香のあとを追って美九のもとにやってくる。

「うむ……そうだな。助かったぞ、美九」

十香が言うと、再度声が響《ひび》いてきた。

「――そうそう、だから早く目覚めさせてやるとよいぞ」

「む？　どうすればよいのだ？」

「くく、知れたこと。姫《ひめ》の眠《ねむ》りを覚ますのは熱い口づけと相場が決まっておる」

「く、口づけだと!?」

「肯定。その通りです。さあ、思い切っていっちゃうのです。キース、キース」

「む、むう……」

それしか方法がないのなら仕方ない……のだろうか。十香はごくりと息を呑んだ。

「ちょっと待て！　我は何も言っておらぬぞ！」

「同調。夕弦もです」

「な、何？」

耶倶矢と夕弦に言われて、十香は眉根《まゆね》を寄せた。そういえば、途中から響いた声は、二人のものとは少し違《ちが》った気がする。ならばあれは——

と、そこで十香が下方に視線を落とすと、美九が薄目《うすめ》を開けながらニヤニヤと口元を綻《ほころ》ばせているのがわかった。

「あっ、美九！　おまえさては起きているな⁉」

「ぷふふっ！　あーん、バレちゃいましたぁー？」

十香が指を突《つ》きつけて叫《さけ》びを上げると、美九がもう堪えきれないといった様子で吹き出した。どうやら、既に目は覚めていたらしい。

「もうっ、余計なこと言わないでくださいよ耶倶矢さん、夕弦さぁーん。もう少しで十香さんのプリティリップが堪能《たんのう》できたかもしれないのにー」

「言うに事欠いて何を申すか！　我らが声色《こわいろ》を騙《かた》った罪は重いぞ、美九！　御主の罪業《ざいごう》は煉獄《れんごく》に堕《お》ちようとも贖《あがな》われぬものと知れ！」

「憤慨《ふんがい》。ぷんすかです」

耶倶矢と夕弦が険しい顔を作る。すると美九はよいしょと身体《からだ》を起こすと、しなを作るように二人の足にぴと、と手を触《ふ》れた。

「すいません。そんなつもりじゃなかったんですー。どうかお許しを。この代償《だいしょう》は、きっちり身体で払《はら》わせていただきますからぁ……」

そう言って、美九がペロリと唇を舐《な》める。瞬間、八舞姉妹が同時に顔をぞぞっと青ざめさせ、美九から逃《のが》れるように後ずさった。

「あーん、なんで逃《に》げるんですかぁ。お待ちになってぇー」

「う、五月蝿《うるき》い！　寄るな変態め！」

「逃亡《とうぼう》。えんがちょです」

美九が追いすがり、二人がよろめきながらも逃げようとする。今し方までの死闘《しとう》が嘘《うそ》のような、なんとも和《なご》やかな光景だった。

十香は三人の元気そうな様子に放念の息を吐くと、よたよたと鬼《おに》ごっこを続ける少女たちを制止するようにパンパンと手を叩《たた》いた。

「とにかく、皆傷は浅くない。〈フラクシナス〉で治療《ちりょう》をしてもらおう。誰《だれ》か、琴里に連《れん》絡《らく》を取ってくれるか？」

言うと、三人はようやく追いかけっこを止《や》め、十香の方に視線を寄越してきた。

「くく……そうするか。まあ、我はこの程度の怪我《けが》どうということはないのだが、他《ほか》の者たちがおるからな」

「悪戯《いたずら》。つんつん」

「あきゃあっ⁉」

夕弦が耶倶矢のお腹《なか》の傷を突っつくと、耶倶矢が目に涙《なみだ》を浮《う》かべながら叫びを上げた。

やはり、痛いものは痛いらしい。

「い、いきなり何すんだし！」

「嘲笑《ちょうしょう》。どうということはない（キリッ）」

「ああっ、それ私もやってみたいですー！　つんつんっ！」

「ちょ……っ、やめんかこらーッ！」

言って、またも三人が悶着《もんちゃく》を始める。十香ははあと息を吐いた。

「とにかく、頼《たの》んだぞ。三人は先に〈フラクシナス〉に行っていてくれ」

と、十香の言葉に、美九が不思議そうに眉を動かした。

「先に……って、十香さんはどうするんですかぁ？」

「む。私は、鳶一折紙を連れてくる。恐《おそ》らく一人では身動きが取れまい。――まだ私は、あやつの口から何も聞いてはいないからな」

十香が言うと、三人はふうと息を吐いてから、こくりとうなずいてきた。

「ふん……まあ十香がそう言うのであれば任せよう。無論どんな理由があろうと、この代償はあとでたっぷりと奴《やつ》に払って貰《もら》うがな」

「首肯。くすぐり地獄の刑《けい》です。マスター折紙の鉄仮面を割ってみせます」

「あ、その代償って、個別でもいいですかぁ？　私いろいろしたいことがあるんですけどぉ……」

美九が目を輝《かがや》かせながら言う。耶倶矢と夕弦が頬《ほお》に汗《あせ》を滲《にじ》ませた。

十香は皆が納得《なっとく》を示してくれたのを確認すると、今し方折紙を吹き飛ばした方向に目をやった。十香もだいぶ頭にきていたため、力を入れすぎてしまったかもしれない。ここからではその姿すら――

「……む？」

と。そこで十香は眉をぴくりと動かした。

視線の先。灰色の雲に覆《おお》われた空に、何か人影《ひとかげ》のようなものが見えたのである。

「？　どうかしたか、十香」

「いや……」

耶倶矢に問われ、十香は答えに窮《きゅう》して目を擦《こす》った。

一瞬《いっしゅん》見間違いかと思ったが――違う。

灰暗《ほのぐら》い空間に一条の光が差し、その中に、一人の少女が浮遊《ふゆう》していたのである。

最初に目に入ったのは、その装いだった。

しかしそれも当然である。身体の線に沿うように纏《まと》わり付いたドレス。満開の花のように大きく広がったスカート。そして、頭部を囲うように浮遊したリングから伸《の》びた、光のベール。──それら全《すべ》てが、目の覚めるような純白で構成されていたのだから。

それはまるで清らかなる乙女《おとめ》のみに纏うことが許された花嫁衣装《はなよめいしよう》か──さもなくば、闇《やみ》の中に降り立った天使の姿を思わせた。

「……ッ、あれ、は──」

しかし、十香が息を詰《つ》まらせたのは、それらの要素に目を奪《うば》われてのことではなかった。

その白いシルエットがゆっくりと近づいてくると同時、少女の顔が見取れるようになったのである。

──その、鳶一折紙の、顔が。

「折紙……？」

「確認。やはり耶倶矢にもそう見えますか」

「ですねー……あれ、でもあの姿って……」

耶倶矢と夕弦、美九もそれに気づいたらしい。眉をひそめながら口々に言う。

だが、その言葉はすぐに中断された。

単純な理由。折紙がゆらりという動作でこちらに視線を寄越《よこ》した瞬間——全身を無数の針で突き刺《さ》されるかのような悪寒《おかん》が襲《おそ》ってきたのである。

『……っ』

耶倶矢たちが目を見開き、呆然《ぼうぜん》と立ち尽《つ》くす。十香は奥歯を噛《か》みしめると、折紙と彼女らの間を隔《へだ》てるように三人の前に立ち、〈鏖殺公《サンダルフォン》〉を構えた。

「と、十香……!」

「——逃げろ。守りながらでは、戦えない」

十香は折紙から一瞬たりとも視線を外さぬまま、背後の三人に言った。額から汗が垂れ、頬を伝ってあごから落ちる。

耶倶矢たちは、異を唱えなかった。私たちも戦うとは言わなかった。霊力を十全に振《ふ》るえない状態の自分たちがいても、何の助けにもならないことが一瞬にして理解できたのだろう。否《いな》——助けにならないどころか、十香の邪魔《じゃま》にさえなるかもしれない、と。

それくらいに。

今十香たちの目の前に現れたモノは、圧倒的《あっとうてき》な力を有していた。

剣《けん》を交える必要もなく、言葉を交《か》わす必要もなく、本能的に察知する。

——これは。立ち向かってはならぬものであると。

「十香、すまぬ……！」

「祈願《きがん》。……ご武運を」

「あっ、ちょっと二人とも……うきゃっ！」

耶倶矢と夕弦は美九を両脇《りょうわき》から抱《かか》えると、そのまま身体に風を纏わせ、凄《すさ》まじいスピードで空に逃げていった。

「…………」

折紙はそちらには興味を示さず、ただジッと十香の方を見やりながら、ゆっくりと空を滑《すべ》るように近づいてきた。

そして十香を見下ろしながら、小さく唇《くちびる》を開く。

「夜刀神……十香。——倒《たお》す。私が」

「……折紙、貴様」

十香が視線を鋭《するど》くすると、折紙は悠然《ゆうぜん》と右手を天に掲《かか》げた。

そして、呼ぶ。

折紙が知るはずのない、その——天使の名を。

「——〈絶滅天使《メタトロン》〉」

折紙の言葉に応ずるように、既《すで》に日など沈《しず》んだあとの空から、折紙を囲うように幾条《いく》もの光が降り注いだ。それらの光が次第《しだい》に実像を帯びていき、それぞれが無機的な細長い羽のような形を取っていく。

そして折紙が天に掲げた手を握《にぎ》ると同時、それらの羽が円状に連なった。

そう。まるで――折紙の頭上に王冠《おうかん》が戴《いただ》かれるかのように。

「く……」

十香は顔をしかめた。

霊装《れいそう》に……天使。もう、間違いようがない。

顔を上に向けたまま、叫ぶ。

「……折紙。貴様、なぜ――精霊になっている！」

そう。

十香が耶倶矢たちを助け起こしている間に何があったのかはわからない。

だが一つだけ確かなのは――今の折紙が、精霊であるということだった。

「精、霊……」

折紙は十香の発した言葉を復唱するように呟《つぶや》くと、目を物憂《ものう》げに歪《ゆが》めて自分の手を、身体を見下ろした。

「そう……やはり、そうなの」

折紙は目を伏《ふ》せると、己《おのれ》に言い聞かせるように言った。

「ならば――それでも構わない」

そして、カッと目を見開き、十香に剣のような視線を向けてくる。

「私は、精霊を倒すためにこの力を振るおう。精霊を殺す精霊となろう。そして全ての精霊を討滅《とうめつ》し――最後に一人残った私《精霊》をも、消し去ろう」

折紙が、両手を広げる。その動作に合わせるように、頭上の王冠がその先端《せんたん》を広げ、日輪《にちりん》の如《ごと》く円環《えんかん》を作った。

「〈絶滅天使《メタトロン》〉――【日輪《シエメツシユ》】」

折紙が、静かに告げる。瞬間、折紙の頭上に広がった円状の天使が回転を始め、周囲に光の粒《つぶ》を振りまいていった。

「く――」

十香は左手を広げると、自分の周りに霊力で障壁《しようへき》を張った。一瞬あと、折紙の天使から放たれた夥《おびただ》しい量の光の粒が、一斉《いつせい》に辺りに降り注ぐ。

それはあまりに美しく、あまりに凄絶《せいぜつ》な破滅の雨。一撃《いちげき》一撃が凄まじい威力《いりよく》を持った霊力の塊《かたまり》が、幾千幾万と降り注ぎ、絶え間なく地上を蹂躙《じゆうりん》していく。

アスファルトの街路。乗り捨てられた車。建ち並んだ家々。公平なる天使は、それらを

崩壊《ほうかい》していく。

一切《いっさい》区別しなかった。見慣れた住宅街の景色が、雨に打たれた紙細工のようにあっさりと
「ぐ……ッ」

十香の霊力を編んだ障壁はその攻撃《こうげき》をどうにか防いでいたが、このままでは埒《らち》が明かなかった。十香は〈鏖殺公《サンダルフォン》〉を握った右手に力を込《こ》めると、数発の攻撃を貰うのを承知で、障壁を内側から切り裂《さ》いた。

「はぁぁぁぁぁあっ！」

裂帛《れっぱく》の気合いとともに振るわれた天使〈鏖殺公《サンダルフォン》〉から、その太刀筋《たちすじ》をなぞるように剣撃が伸びていく。

「…………っ」

折紙は微《かす》かに眉を揺《ゆ》らすと、片手を下方に掲げた。すると光の粒を放っていた輪が分解したかと思うと、折紙の前に盾《たて》のように連なり、十香の斬撃《ざんげき》を弾《はじ》いた。

そこで一瞬、光の粒が途切《とぎ》れる。十香はその機を逃《のが》すまいと地を蹴《け》ると、一直線に空を翔《か》け、天使の脇《わき》をすり抜《ぬ》けて折紙に肉薄《にくはく》した。

「でやぁぁぁッ！」

手加減をするような余裕《よゆう》はない。十香は両手で〈鏖殺公《サンダルフォン》〉を握ると、渾身《こんしん》の力を込めて

折紙を斬《き》り付けた。

が——手応《てごた》えが、ない。

〈鏖殺公《サンダルフォン》〉が折紙の霊装に触《ふ》れた瞬間、折紙の姿が光となって掻《か》き消え、もといた場所から数メートル後方に出現したのである。

「な……！」

「——っ」

狼狽《ろうばい》に目を見開いたのは十香だけではなかった。攻撃を避《さ》けたはずの折紙もまた、驚愕《きようがく》したように表情を歪めている。どうやら、折紙にとっても予想外の出来事だったらしい。

折紙は自分の手を見つめると、吐《は》き捨てるように呟いた。

「——怪物《かいぶつ》」

眉をひそめて拳《こぶし》を握り、折紙がその手を上方に突《つ》き上げる。

「【天翼《マルアク》】！」

すると〈絶滅天使《メタトロン》〉が再び結集し、折紙の背で翼《つばさ》のような形を作る。折紙は〈絶滅天使《メタトロン》〉を羽ばたかせるように動かすと、一瞬にして後方へと離脱《りだつ》した。

それと同時、翼状になった〈絶滅天使《メタトロン》〉の先端から幾条もの光線が迸《ほとばし》り、十香に襲いかかる。

「この……！」

十香は短く叫《さけ》び、〈鏖殺公《サンダルフォン》〉を振るった。障壁を張るのでは遅《おそ》すぎるし——直感的に、この攻撃は十香の障壁程度では防げないと察してしまったのである。

〈鏖殺公《サンダルフォン》〉の斬撃で以《もっ》て、迫《せま》る光の矢を打ち払《はら》う。だが、数が多すぎた。捌《さば》ききれなかった光線が左肩《ひだりかた》と右足に突き刺さる。

「ぐ、あ……ッ！」

激痛。見やるまでもなく、霊装が砕《くだ》けているのがわかった。

しかし折紙の攻撃の手は緩《ゆる》まない。折紙が上方に掲げた手を真っ直《す》ぐに振り下ろすと、折紙の背に広がっていた翼が上下左右に飛び散った。

「【光剣《カドヴール》】ッ!!」

折紙が叫ぶと同時、バラバラになった〈絶滅天使《メタトロン》〉が、それぞれに独立した意志が備わっているかのような軌道《きどう》で空を縦横無尽《じゅうおうむじん》に駆け回り、あらゆる方向から光線を放ってくる。

まるで、光の格子《こうし》でできた檻《おり》に囚《とら》われるかのような錯覚《さっかく》。しかもそれは、触れれば肉切り骨を断《た》つ暴力的な牢獄《ろうごく》である。

「く……！」

十香は〈鏖殺公《サンダルフォン》〉を振るい、全方位から連続して放たれる砲撃《ほうげき》を打ち落としていった。

しかし、それら全《すべ》てに対応することなどは不可能だった。背に、腰《こし》に、手に。次々と必滅の意志を帯びた光線が直撃し、十香の鎧《よろい》を砕いていく。

「ぐ……、う、ぁ――っ」

このままでは一方的に嬲《なぶ》られるだけである。十香は苦悶《くもん》の表情を浮《う》かべながらも折紙を睨《にら》み付け、全力で空を蹴った。

その進撃を阻《はば》むべく、〈絶滅天使《メタトロン》〉は十香に向けて更《さら》に激しい攻撃を加えてくるが、そんなものは一切無視する。腹に直撃を受けようと、足を撃《う》ち抜かれようと、十香は決して目を逸《そ》らすことなく折紙に猛進《もうしん》した。

「うぉおおおおおおおおおおおおおおおッ！」

叫び、〈鏖殺公《サンダルフォン》〉を振るって折紙を斬り上げる。

「ふッ――――！」

しかし、やはり手応えはなかった。剣の刃《は》が触れようとした瞬間、折紙の姿が光と消え、十香の攻撃を避けたのだ。一瞬あと、先ほどと同じように少し離《はな》れた場所に、折紙の身体《からだ》が再構成される。

だが――それは予想のうちである。

十香は〈鏖殺公《サンダルフォン》〉から手を離すと、その勢いのまま空中で身体をひねり――

「はぁぁぁぁぁぁぁぁぁッ!!」

渾身の力を込めて、虚空《こくう》に再出現した折紙の顔面を素手《すで》で殴《なぐ》りつけた。

「——か、は……ッ!?」

折紙が苦悶を吐き、顔を歪める。欠けた奥歯であろうか、口から白い破片《はへん》のようなものが一つ、飛んだ。

精霊・十香が全力を乗せた右ストレート。折紙が精霊化していなければ、首が飛ぶどころか頭が木っ端微塵《こっぱみじん》になっていたであろう必殺の一撃である。

連続して光化することはできないのか、それとも知覚できない攻撃には対応しきれないのか、詳《くわ》しいことはわからなかったが——とにかく、一撃を浴びせることに成功した。拳をグッと握りしめ、鼻からフンと息を吐く。

しかし、それ以上の追撃は不可能だった。折紙が朦朧《もうろう》とするように頭を揺らしながらも再度〈絶滅天使《メタトロン》〉を翼状にし、高速でその場から離脱したのである。

「ち——」

十香はそのまま地上に降り立つと、右手を横に上げた。数瞬後、先ほど放り投げた〈鏖殺公《サンダルフォン》〉が空から落ちてきて、綺麗《きれい》にその手の中に収まる。

「…………」

十香は地上から、口から出た血を拭《ぬぐ》う折紙を見上げた。

それなりのダメージは与《あた》えたが、明らかに十香の方が傷が深い。このまま同じように戦っていては、手数の少ない十香が不利だった。

ならば——十香がやることは一つである。

「〈鏖殺公《サンダルフォン》〉！」

十香は天使の名を叫ぶと、地面に踵《かかと》を叩《たた》き付けた。

その名が示すのは、十香が手にした剣《けん》のみではない。

呼びかけに応えるように地面が隆起《りゅうき》し、そこから、十香の身の丈《たけ》を優に超《こ》える巨大《きょだい》な玉座が姿を現した。

「——【最後の剣《ハルヴァンヘレヴ》】……ッ！」

そして、呼ぶ。

十香の天使〈鏖殺公《サンダルフォン》〉。その真の姿にして、最強の剣の名を。

瞬間、玉座に幾《いく》つもの亀裂《きれつ》が入り、バラバラに砕け散る。そしてそれらの破片が十香の持つ剣に絡《から》みついていき——長大な刀身を形作った。

ただの一撃では、折紙の奇妙《きみょう》な能力によって避けられてしまう。かといって、同じ手を二度喰《く》うほど折紙は馬鹿《ばか》ではなかった。

琴里や令音《れいね》ならば、もっといい策を考えつくのだろう。折紙の能力を分析《ぶんせき》し、効率的に戦う方法を取るに違《ちが》いない。

しかし、十香にそんなことは不可能だった。理解できたのは、己の剣で、そして拳で感じ取った事実のみである。用意できたのは、その考えに基《もと》づいた、この上なく不器用なやり方のみである。

即《すなわ》ち——折紙が光となって避けた先までを一気に屠《ほふ》り去る、究極最大の一撃。

「……く——」

折紙もそれを感じ取ったのだろう、翼型になっていた〈絶滅天使《メタトロン》〉を最初の王冠《おうかん》型に戻《もど》し、その先端を下方——十香の方に向けてくる。

それが何を意味するのかは、何となくだが理解できた。一つ一つが霊装《れいそう》を砕く威力を持った天使。その全ての砲門を束ねた、極大の一撃である。

「——折紙！」

それを感じ取った十香は、上空に向けて声を上げた。

「もう一度だけ聞いておく！　私とおまえは——本当にわかり合えないのか⁉」

「……ッ、ふざけないで」

折紙が、顔を悲壮《ひそう》に歪《ゆが》めながら返してくる。なぜだろうか、十香にはそれが、泣きじゃくる幼子のように見えて仕方がなかった。

「私の意志は変わらない。私の使命は変わらない。精霊は全て——私が否定する！」

折紙の言葉に、十香は大きく深呼吸をした。

「そうか。ならば仕方ない」

ゆっくりと、【最後の剣《ハルヴアンヘレヴ》】を振《ふ》り上げる。その刀身に、漆黒《しっこく》の光が纏《まと》わり付いていく。

「——本気で灸《きゅう》を据《す》えてやる。覚悟《かくご》をしろ、駄々《だだ》っ子め！」

「戯《ざ》れ言《ごと》を——吐《ぬ》かすなぁぁぁぁッ！」

折紙が叫び、両手を前に掲《かか》げる。すると〈絶滅天使《メタトロン》〉の先端に、純白の光が収束し始めた。

「〈鏖殺公《サンダルフオン》〉——【最後の剣《ハルヴアンヘレヴ》】‼」

「〈絶滅天使《メタトロン》〉——【砲冠《アーティリフ》】‼」

二人の叫びが重なり合う。

天に皓光《こうこう》。地に玄光《げんこう》。

互《たが》いに渾身の霊力を込めた必滅の技《わざ》が、上下から放たれようとしていた。

だが、その瞬間。

「――やめろぉぉぉぉぉぉぉぉぉぉぉぉッ！」

二人の耳に、絶叫《ぜっきょう》が響《ひび》き渡《わた》った。

「……っ！」

「な……！」

十香と折紙は同時にハッと肩《かた》を揺《ゆ》らすと、声のした方向に顔を向けた。

戦闘中《せんとう》に――しかも相手がこちらを殺すだけの力を向けている最中に目を逸らすなど、正気の沙汰《さた》ではない。だが、十香も折紙も、その声だけは無視するわけにはいかなかったのだ。なぜなら――

「シドー！」

「士道……!?」

二人は目を見開くと、その人物の名を呼んだ。

そう。そこに現れたのは、行方知れずになっていたはずの五河士道その人だったのである。

「何なんだよ……一体なんでこんなことになってるんだよ！　十香――折紙……ッ!!」

「士道、なぜ、ここに――」

士道が顔をしかめながら悲痛な声を発すると、折紙が呆然《ぼうぜん》とした様子で呟《つぶや》き、顔を逸らした。まるで、士道に自分の姿を見られるのを嫌《いや》がるように。

「く……」

折紙は王冠型に形成されていた〈絶滅天使《メタトロン》〉を再度翼型に組み替《か》えると、そのまま凄《すさ》まじいスピードで空の彼方《かなた》へと逃《に》げていってしまった。

「折紙！　折紙ぃぃぃぃぃ――――ッ!!」

空に響く士道の叫《さけ》びだけを、あとに残して。

第四章　真実《もうどく》

廃墟《はいきょ》と化した住宅街から飛び去って、数分。ひとけのない高台に至ったところで、折紙《おりがみ》はようやく飛行速度を緩《ゆる》めた。

「…………」

ちらと後方を見やるが、どうやら誰《だれ》も追ってはきていないようである。折紙は無言のまま小さく片手を上げると、翼《つばさ》型に固定されていた天使〈絶滅天使《メタトロン》〉を分解し、地面に降り立った。

縛《いまし》めを解かれた〈絶滅天使《メタトロン》〉がそれぞれのパーツに分かれ、さらに光の粒子《りゅうし》となって空気に溶《と》け消えるのを眺《なが》めながら、折紙は小さく眉《まゆ》をひそめた。

奇妙な感覚。つい数十分前までは存在すら知らなかった異常な存在を、折紙は何年も前から使用している武器と同じような感覚で、自然に使いこなしている。

自分でも気味が悪かった。あのノイズのような『何か』に差し出された宝石が体内に吸収されてから、本能的に天使の扱《あつか》いが理解できるようになっていたのである。

それだけではない。先刻十香《とおか》の攻撃《こうげき》を避《さ》けようとした瞬間《しゅんかん》、折紙は自分の身体《からだ》が一瞬光となるのを感じた。もはや――折紙はおよそ人間とは呼びようのないモノに変化してしまっていたのだ。

「……この、力は」

折紙は誰も聞くことのないであろう言葉を呟くと、自分の纏《まと》った純白の衣《ころも》に視線を落とした。

精霊《せいれい》が持つ、絶対にして最強の鎧《よろい》。

そう。折紙が纏っていたそれは紛《まぎ》れもなく霊装であった。

「私が――精霊……」

折紙は言葉をこぼすと、胃の奥からせり上がってくる嘔吐《おうと》感を抑《おさ》えるように奥歯を噛《か》みしめた。

自分が最も嫌《きら》い、憎《にく》み、忌《い》んでいた存在に、自分がなってしまったという途方《とほう》もない嫌《けん》悪《お》が襲《おそ》ってくる。

夜刀神《やとがみ》十香との決着を目前にしながら、戦場から逃げ出してしまった理由もそれだった。

あの場に士道《しどう》が現れた瞬間、十香との戦いで麻痺《まひ》していた自分への嫌悪感が再び鎌首《かまくび》をもたげてきたのである。

――士道だけには、この姿を見せたくない。それが、何をおいても力を求めた折紙の、最後に残った甘さであり――我が儘《まま》だった。

しかし。今の折紙にはそれよりもずっと気にしなければならないことがあった。

言うまでもない。折紙を精霊にした、あのノイズのような『何か』のことである。

「まさか、あれが……」

人間を精霊にする。その信じがたい能力に、しかし折紙は聞き覚えがあったのだ。

かつて士道が折紙に語った謎《なぞ》の存在。――元は人間であったはずの五河《いつか》琴里《ことり》を精霊に変えたという『何か』。

そう。五年前のあの日、燃え盛る街の中にいたという、『もう一人の精霊』。

あのノイズのような『何か』は、それと同じ能力を有していたのである。

「…………、あれが、〈ファントム〉……？」

〈ファントム〉。それは、あのあと士道が折紙に話してくれた、正体不明の精霊の識別名だった。

折紙の前に現れた『何か』が、五年前士道たちの前に現れた〈ファントム〉と同一のものかどうかは確証がない。そもそも、人類が持っている精霊の情報が少なすぎるのだ。人間を精霊にする力を持つ精霊というものが、果たして一体しか存在しないのかどうかはわ

は。

だが——もしあの『何か』が、五年前天宮《てんぐう》市南甲《なんこう》町に現れた精霊だとしたならば、それからなかった。

「あいつが……お父さんと、お母さんを……？」

——あの正体不明の『何か』が、折紙の両親の仇《かたき》である、ということに他《ほか》ならなかった。

折紙がその可能性に気づいたときには既《すで》に『何か』の姿は消えてしまっていたため、『何か』を問い質《ただ》すことはできていない。今折紙がすべきことは、どうにかしてあの『何か』を捜《さが》し出し、その目的と正体、そして……五年前のあの日、どこにいたのかを確かめることだった。

「う……っ」

そこまで考えたところで、折紙は再度嘔吐感に襲われ、顔をしかめた。

精霊になってしまっただけではない。もしかしたら両親の仇かもしれない存在に精霊にされてしまったという事実が、折紙の心に、穢《けが》らわしい汚泥《おでい》となって纏わり付いていた。

しかし。折紙はその場に膝《ひざ》を突《つ》いてしまいそうになるのを何とか堪《こら》え、顔を前に向けた。

あの『何か』が、なぜ折紙に精霊の力を与《あた》えたのかはわからない。何の狙《ねら》いがあったのか。なぜ折紙でなければならなかったのか。それともただ気まぐれに精霊を増やして回っているだけなのか。

だが――一つだけ、確かなことがあった。

そう。今の折紙は精霊であり……精霊を倒《たお》すことができる力を持っているということである。

ASTの制式採用装備。討滅《とうめつ》兵装〈ホワイト・リコリス〉。専用CR‐ユニット〈メドラウト〉。数々の装備を用いても最後まで到達《とうたつ》することのできなかった領域に、今の折紙はいた。

十全の力を取り戻《もど》した精霊・〈プリンセス〉夜刀神十香と互角《ごかく》以上に渡り合うことのできる、絶対的な力。

心の底から求めてやまなかった『力』を、最低最悪の形とはいえ、折紙は手に入れたのである。

「今の……私なら」

――斃《たお》すことができる。精霊を。

〈ファントム〉だけではない。夜刀神十香を。四糸乃《よしの》を。五河琴里を。八舞耶倶矢《やまいかぐや》を。八舞夕弦《ゆづる》を。誘宵美九《いざよいみく》を。七罪《なつみ》を。それこそ、あの時崎狂三《ときさきくるみ》ですら――

「…………、あ――――」

そこまで考えて。

折紙は、ハッと目を見開いた。

とある考えが、折紙の脳裏《のうり》を掠《かす》めたのである。

それは、一つの可能性だった。折紙が勝手に想像しただけの絵空事に過ぎない。実現する確証などはない。むしろ、成功する確率は極《きわ》めて低いだろう。

だが――噛み合ってしまったのだ。折紙が手に入れた精霊の力という最後の歯車が、その可能性に唯一《ゆいいつ》足りない部分を埋《う》めてしまったのだ。

「もし……そんなことが、可能だとしたら……」

折紙は、全身に鳥肌《とりはだ》が立つのを感じた。先ほどのような嫌悪感とは違《ちが》う。暗く深い洞窟《どうくつ》を彷徨《さまよ》う遭難《そうなん》者が、岩間から差し込む一条の光を見つけたかのような、興奮にも似た感覚だった。

「…………」

折紙はこくんと唾液《だえき》を飲み下すと、足を一歩前に出した。

――とある人物を、捜すために。

◇

「だ、大丈夫《だいじょうぶ》か、十香……」

「うむ、大したことはないぞ」

士道が問うと、全身湿布《しっぷ》と包帯だらけになった十香は力強くうなずいてみせた。だがその動作で腹部が痛んだのか、眉根を寄せて小さくうなる。

「うう……む」

「ほら、だから無理するなって。ちょっと休んでな」

「……うむ、そうする」

言って、十香は素直《すなお》にベッドに横になった。

今士道たちがいるのは、来禅《らいぜん》高校の一階に位置する保健室だった。最初は十香の治療《ちりょう》のため、士道の家か精霊たちの住むマンションの部屋に向かおうとしたのだが、あの近辺は十香と折紙の戦いによって滅茶苦茶《めちゃくちゃ》に破壊《はかい》されてしまっていたため、仕方なくここまでやってきていたのである。

部屋の中に並んだベッドには、十香と、折紙が去ったあとに合流した耶倶矢、夕弦、美九が並んで横になっていた。彼女らも、十香とともに折紙と戦っていたようだ。

特に出血の酷《ひど》い傷は七罪の能力を応用して塞《ふさ》いでいたのだが、身体の回復自体は本人たちの体力に頼《たよ》るしかないらしい。皆《みな》十香と同じように全身に包帯が施《ほどこ》され、まるでミイラのようになっていた。さながら今の保健室は、太古に封印《ふういん》された王墓《おうぼ》である。

あるのは備え付けの包帯や湿布、消毒液のみ。養護教諭《きょうゆ》もおらず、応急処置を施せるのは士道と四糸乃、七罪だけだった。だが……贅沢《ぜいたく》は言っていられない。

折紙が去っていったあと、傷だらけの十香を治療してもらおうと〈フラクシナス〉に連《れん》絡《らく》を試みたのだが、やはり電話は通じないままだったのである。

「あの……大丈夫ですか？」

『うはー、こっぴどくやられたねぇー』

四糸乃が心配そうな顔を作りながら、汚《よご》れた耶倶矢の顔を濡《ぬ》れ布巾《ぶきん》で優《やさ》しく拭《ふ》く。耶倶矢は一瞬痛そうな表情をしたが、すぐに「ふ、ふん……」と何でもないような顔を作って涼《すず》しげに振《ふ》る舞《ま》った。まあ、目の端《はし》にはうっすらと涙《なみだ》が滲《にじ》んでいたのだが。

「吐《と》息《いき》。耶倶矢は強がりです」

「ッ、るっせーし！　全然へーきだし！」

横から夕弦に言われ、耶倶矢が思わずといった調子で返す。だがやはり痛かったらしい。盛大に顔を歪《ゆが》めて再びベッドに背を付けた。

「はは……」

まあ、それだけ意地を張る元気があれば安心である。士道は小さく苦笑した。

……ちなみに、先ほど皆の傷を塞ぐために霊力《れいりょく》を半強制的に絞《しぼ》り出した七罪は、保健室の隅《すみ》で膝を抱《かか》えながら何やらブツブツ言っていた。心なしか、そこだけ照明が暗くなっているような気がする。どうやら全員の応急処置をするためには、よほどイヤーな気分にならねばならなかったらしい。

「あいたたた……」

と、そこで壁際《かべぎわ》のベッドに寝《ね》ていた美九が、小さな声を発しながら上体を起こした。

「どうしたんだ、美九。無理するなって」

士道が歩み寄ろうとすると、美九はそれを止めるように手のひらを広げた。

「大丈夫ですー。――それより、霊力が残っているうちに、お仕事をしておかないといけないので……」

「仕事？」

士道が首を傾《かし》げると、美九は大仰《おおぎょう》にうなずき、カスタネットを叩《たた》くかのような仕草で手を二回、叩いた。

「〈破軍歌姫《ガブリエル》〉――【鎮魂歌《レクイエム》】」

するとそれに応《こた》えるように、美九の周りに銀色の筒《つつ》が幾《いく》つも出現した。美九の天使〈破軍歌姫《ガブリエル》〉の一部である。

皆がキョトンと目を丸くしていると、美九はふっと微笑《ほほえ》み、お辞儀《じぎ》をしてみせた。

「レディース、えーんど、ジェントルマン。今宵《こよい》だけの限定ライブにようこそ。誘宵美九、オーン・ステージ！」

美九はそう言うと、すうっと息を吸い、綺麗《きれい》な声を部屋中に響《ひび》かせた。それに共振《きょうしん》するように〈破軍歌姫《ガブリエル》〉が蠢動《しゅんどう》し、その音を更《さら》に大きくしていく。

すると。

「む……これは」

「ほう……」

「驚嘆《きょうたん》。痛みが和《やわ》らいでいます」

十香と八舞姉妹《しまい》が目を見開き、自分の身体《からだ》を見下ろす。その様子を見て、美九が小さく笑った。

「あはは……鎮痛《ちんつう》作用のある『歌』です。傷を治す効果はありませんから、あくまで気休め程度ですけどねー」

「いや、助かるぞ。だいぶ……楽になった」

十香がふうと息を吐《は》き、身体を弛緩《しかん》させる。士道はとりあえずは安堵《あんど》の息を吐いた。

だが、今士道たちが置かれているのは、決して楽観視できるような状況《じょうきょう》ではない。未《いま》だ連絡の付かない〈フラクシナス〉に、DEMの暗躍《あんやく》。そして――

「……なあ、教えてくれ、みんな。あいつに――折紙に、一体何があったんだ？」

士道は、緊張《きんちょう》に声が震《ふる》えそうになるのをどうにか抑《おさ》えながら、十香と八舞姉妹、美九に問うた。

そう。士道が戦いの場に駆《か》けつけたとき、巨大《きょだい》な【最後の剣《ハルヴアンヘレブ》】を構える十香に対していたのは、DEMのCR－ユニットを纏《まと》った魔術師《ウイザード》ではなく――純白の霊装を纏い、天使を携《たずさ》えた精霊だったのである。

封印されているはずの力を振るう十香の姿にも驚《おどろ》きはした。だが、空に浮《う》くあまりに意外なその少女の姿に、士道の頭は先ほどから混乱を極めていたのだ。

折紙はもともと人間である。つまり――折紙は今日、しかも十香と戦っている最中に、精霊に『なった』。そうとしか考えられない。

あまりに荒唐無稽《こうとうむけい》で信じられない話である。だが、士道はそれを冗談《じょうだん》と笑い飛ばすことができなかった。何しろ実際に精霊化した折紙を目《ま》の当たりにしたのだから。

否《いな》……正しく言うのならそれだけではない。

士道は、『人間を精霊にする』精霊に、心当たりがあったのである。

――〈ファントム〉。

五年前、士道と琴里の前に現れ、琴里を精霊〈イフリート〉に変貌《へんぼう》させた存在。

何の目的があってか、士道と琴里から、自分の記憶《きおく》を隠《かく》していた存在。

そして——もしかしたら、折紙の両親を殺したかもしれない、存在。

士道の憶測《おくそく》が正しければ、折紙はその〈ファントム〉と遭遇《そうぐう》し、精霊にされたのだ。

ならば、彼女と戦っていた十香たちも、その姿を見ているかもしれない。士道はごくりと息を呑《の》みながら四人の顔を順に見回した。

しかし。

「いや……詳《くわ》しいことはわからぬのだ。一度あやつを吹《ふ》き飛ばしたのだが……戻ってきたときにはもうああなっていた」

十香が難しげな顔を作りながら言う。耶倶矢も夕弦も、同じような表情でうんうんとうなずいた。

「ふん、さすがにあれには驚いたな。く……あの派手な登場。なんとか参考に出来ぬものか……いや、しかし白というのはあまり我の性《しょう》に合わぬ……」

「首肯《しゅこう》。凄《すさ》まじい威圧《いあつ》感でした。十香の霊力が完全でなかったなら、皆やられていたかもしれません」

言って、むむうと唸《うな》る。

しかしそんな中、美九だけが何か思い当たるようにあごに指を当てた。

「……うーん、私も見てはいないんですけど……もしかしたら、折紙さんも神様に出会ったんですかねー」

そういえば美九も、琴里と同じく〈ファントム〉と思《おぼ》しき精霊によって人間から精霊にされた過去を持っていたのだ。折紙の突然《とつぜん》の変貌に、その存在が思い当たるのは当然と言えば当然だった。

「……かもな」

士道は小さな声でそう答えると、無言で考えを巡《めぐ》らせ始めた。

折紙に何があったのかはわからない。だが……折紙が、あれだけ憎悪《ぞうお》していた精霊になっていたことだけは、間違えようのない事実だった。

あのとき、士道の姿を見て空に逃《に》げ去った折紙の表情が思い起こされる。誰《だれ》よりも精霊を憎《にく》んでいた少女の、顔が。

途方《とほう》もない自己矛盾《むじゅん》を抱えてしまった折紙の心中に、どのような感情が渦巻《うずま》いているのか。少なくとも——士道の想像などではまかないきれないほどの懊悩《おうのう》に苛《さいな》まれていることは疑いようがあるまい。それが、士道の心を無性にざわつかせるのだった。

「折紙は……これからどうするつもりなんだ」

士道が独り言のように呟《つぶや》くと、十香が思い出したように声を上げてきた。

「そういえば……あやつは言っていた。精霊を殺すために、精霊の力を使うと。そして最後は……自分さえも、殺すと」

「…………ッ」

その言葉に、士道は戦慄《せんりつ》した。

いや、正確に言うのなら、それは予想の範疇《はんちゆう》にあったのだ。──考え得る、最悪の結末として。

「折紙……」

一刻も早く折紙の行方《ゆくえ》を摑《つか》まねばならない。焦《あせ》りが士道の心臓を激しく脈動させた。

だが、今の士道には折紙を追うどころか、その行方を知る手立てさえないのが現実であった。〈フラクシナス〉ならば、自律カメラや観測装置で折紙を追えるのかもしれなかったが……そもそも連絡が取れないのであれば確かめようがない。

「く……っ」

士道は悔《く》やしげに歯噛《はが》みした。〈フラクシナス〉と連絡が取れないだけで、こうも身動きが取れなくなるとは。

いつも、琴里や令音《れいね》にどれだけ頼り切ってしまっているかを改めて自覚する。だが、このまま何もせずにいるわけにもいかない。士道は細く息を吐くと、これからせねばならないことを頭の中で纏《まと》めた。

「……とにかく、まずはみんなの怪我《けが》を何とかしないとな。そのうち警報も解除されるはずだから、そうしたら病院に行こう。こんな応急処置じゃなくて、ちゃんと診《み》てもらった方がいい」

折紙のことも何とかしなければならないが、まずはそれが先決である。

が、そこで、士道はあることに気づいた。

「あ……」

小さく声を発しながら、十香の方を見やる。

そういえば、士道が駆けつけたとき、十香は霊装を完全に顕現《けんげん》させていた。つまり――限定霊装であった他の三名とは異なり、士道に封印されていた霊力が完全に十香に戻《もど》ってしまったということである。

士道は以前、琴里が士道から完全に霊力を逆流させたときのことを思い出した。

そう。あのとき琴里は言っていた。限定的に逆流した霊力は、時間が経《た》てば再び士道のもとに戻ってくるが――完全に逆流してしまった霊力はそのまま安定してしまい、再封印が必要になる、と。

つまり、今なお十香は、精霊としての力を十全に保有している状態ということになる。

このままでは、十香の霊波がＡＳＴに感知されて、再び警報が鳴ってしまいかねない。

それを防ぐためには、一刻も早い再封印が必要になるのだった。

「う……」

しかし。士道は頬《ほお》に汗《あせ》を垂らした。

再封印。それが意味するのは無論――対象へのキスである。

しかも今は皆《みな》負傷中。皆を保健室から追い出すことも、十香だけを連れ出すことも困難だった。

「む？　どうしたのだ、シドー」

十香が不思議そうに首を傾げてくる。士道は内心ドキッとしながらも、誤魔化《ごまか》すように手を振《ふ》った。

「あ、いや……」

と、そこで士道の視界に、あるものが飛び込んできた。

部屋の天井《てんじょう》に、それぞれのベッドを囲うようにレールが走っており、そこから白いカーテンが垂れ下がっていたのである。

そう。ここは高校の保健室。ベッド同士の間を隔《へだ》てるカーテンがあるのは当然だった。

「ち、ちょっといいか、みんな。少し十香に話があるんだ」

『……………？』

士道の言葉に、皆は不思議そうに目を丸くしたが、すぐ首を前に倒《たお》してくる。

士道はそれを確認すると、壁際《かべぎわ》に纏められていたカーテンを解き、十香のベッドの周りに広げていった。

「シドー？　一体何をするのだ？」

「ああ……実はな」

士道は十香の耳に顔を近づけ、小さな声で、簡単に再封印のことを説明した。

ふむふむ……と聞いていた十香の顔が、かぁっと赤くなる。

そして周りの皆に聞こえていないかを確かめるように、キョロキョロと辺りを見回してから、再度士道の方に目を向けてくる。

「む……ということは、その、なんだ、あれか、ここで……するのか」

「えっと……まあ、そういうことになるな」

「そ、そうか……」

十香はしばしの間逡巡《しゅんじゅん》するように目を泳がせていたが、やがて意を決するようにうなずいてから、胸元《むなもと》で手を組み、すっと目を閉じた。キスを受け入れる、というこの上ない

意思表示である。

「う……」

自分から持ちかけた話ではあるのだが、その十香の姿を見て士道は一瞬《いっしゅん》その場に硬直《こうちょく》してしまった。

その様はさながら眠《ねむ》り姫《ひめ》。何の変哲《へんてつ》もないパイプベッドと白いカーテンが、茨《いばら》の森に見えてくるような美しい寝姿《ねすがた》である。

だが、いつまでもそうしているわけにはいかない。士道は深呼吸をして心を落ち着けると、ベッドに横になった十香の唇《くちびる》に、自分の唇を近づけていった。

しかし。

「…………？」

十香の息づかいが感じられるくらいの距離《きょり》まで顔を近づけたところで。士道は不意に視線を上げた。何だか、誰かに見られているような気がしたのだ。

「おあ……っ！」

そして、思わず声を上げる。士道の感覚は正しかった。先ほどまで隙間《すきま》なく閉じられていたカーテンが微妙《びみょう》に開けられ、そこから、四糸乃、『よしのん』、耶倶矢、夕弦、美九、七罪が縦に並びながらジーッと士道と十香の方を見ていたのである。

「し、士道さん、何を……」

『うはー、こんなところでなんて、ダイターンだねー』

「ほう……士道は眠っている女に好き勝手する性癖《せいへき》があったか」

「辟易《へきえき》。ネクロフィリアのケがあります」

「あー、十香さんばっかりずるいですー！　だーりん、私も！　私もーっ！」

「……み、見せつけてんじゃないわよこのリア充《じゆう》がッ！」

口々に言って、五人と一匹《いっぴき》がカーテンの中になだれ込んでくる。

「う、うわ……っ！」

「ぬ……？　な、何なのだ一体！」

士道と十香は、皆にもみくちゃにされながら、ベッドの上に押しつけられた。

美九の【鎮魂歌《レクイエム》】が効いているとはいえ、十香たちの傷は深い。学校の保健室に、皆の痛そうな絶叫《ぜっきょう》が響《ひび》き渡《わた》った。

◇

都会の星は見上げるものではなく、見下ろすものである。

街灯。窓の明かり。車のヘッドライト。街を彩《いろど》るイルミネーション。──街を睥睨《へいげい》する高層ビルの屋上で、暗闇《くらやみ》の中に瞬《またた》く幾《いく》つもの電気の星を眺《なが》めながら、時崎狂三はふっと目を細めた。

血のような紅《あか》と影《かげ》のような黒で形作られたドレスを纏《まと》った、美しい少女である。左右不均等に括《くく》られた髪《かみ》は漆黒《しっこく》。肌《はだ》は白磁のように白かった。

どれもこれも、人の目に、心にその存在を焼き付けるには十分に過ぎる要素である。しかし、彼女と対面した人間が最も色濃《いろこ》く記憶《きおく》に刻みつけるであろう部分は、その特徴《とくちょう》的な眼に違《ちが》いなかった。

──左右、色違《いろちが》いの瞳《ひとみ》。しかもただの虹彩異色症《オッドアイ》ではない。金色に輝《かがや》く彼女の左眼には小さな文字盤《ばん》が描《えが》かれており、時計の針が、かち、かち、と時を刻んでいたのである。

無論、そんな身体的特徴を有する少女が、ただの人間であるはずはなかった。

精霊《せいれい》。世界を殺す災厄《さいやく》。

彼女もまた、人間たちからそのような総称《そうしょう》で呼ばれる存在の一人であった。

「────」

と。狂三は小さく息を吐《は》いた。

とはいえ別に、眼下に広がる景色に感動を覚えたわけでも、甘いセンチメンタリズムに浸《ひた》りたくなったわけでもない。そのような青臭《あおくさ》い感傷は、とうの昔に捨て置いてきた。狂三が好んで高層建築物の屋上に上るのも、別に夜景を楽しみたいからではなく、辺り一帯を見渡せる場所の方が、街中に放った『狂三たち』の位置が把握《はあく》しやすくなるからに他《ほか》ならない。

そう。ただ単純に、自分の分身体を伝わって、とあることがわかってしまっただけなのだ。

「……あら、あら」

狂三は小さく肩《かた》をすくめると、再度吐息《といき》をこぼした。

それから数分と待たず、誰《だれ》もいなかったはずのビルの屋上に、何者かの気配が現れる。

狂三はくるりと後方を向いた。

「――これはまた、変わったお客さんですこと」

言って、来訪者の姿を見やる。

そこにいたのは、純白の衣《ころも》に身を包んだ少女だった。夜闇の中でもなおはっきりとした輪郭《りんかく》を保っているのは、それが淡《あわ》く光を放っているからである。――霊装。彼女が纏っているのは、間違いなく狂三のそれと同種のものだった。

しかし。狂三は突然《とつぜん》の精霊の来訪に、唇の端《はし》を上げた。

「お久しぶりですわね、折紙さん」

そう。その精霊の顔は、元ＡＳＴ隊員であり、かつて狂三のクラスメートでもあった、鳶一《とびいち》折紙のものだったのである。

「うふふ、やはりあのときい、い、い、い、いただかなくて正解でしたわね。――まさか、こんなに美味《おい》しそうになられるだなんて。期待以上ですわ」

「…………」

狂三がぺろりと唇を舐《な》めるも、折紙は表情を変えなかった。警戒《けいかい》も、狼狽《ろうばい》も、嫌悪感《けんおかん》すら、その顔からは感じ取れない。

狂三など警戒する必要もないとでも言いたいのかと思ったが――恐《おそ》らく、違う。確証はないのだが、なぜだろうか、狂三は折紙の瞳の奥底に、もっと別の思惑《おもわく》が潜《ひそ》んでいるような気がした。――それこそ、他の感情などを全《すべ》て無視してしまえるくらいに、大きな。

だが、折紙が何を狙《ねら》っているのかまでは読みとれなかった。しばしの間無言の折紙と視線を交《か》わしてから、ふうと息を吐く。

「それにしても、よくここがわかりましたわね」

「…………」

狂三が言うと、折紙はおもむろに右手を前に動かした。――ぐったりとした『狂三』の首を摑《つか》んだ、右手を。

「う……ぁ……」

狂三と同じ顔をした少女が、苦しげにうめき声を上げる。見やると、その身に纏った霊装のあちこちに痛ましい傷が見て取れた。どうやらここに至るまでに手酷《てひど》くやられたようである。

「――あなた本人を見つけるのが困難でも、街中に何人も紛《まぎ》れているあなたの分身体を捕《つか》まえるのは、今の私にはそう難しいことではない」

言って、折紙は分身体の首を放した。

「ぐ……っ、けほっ……けほ……っ」

分身体は屋上に突《つ》っ伏《ぷ》してから数度咳《せ》き込み、恨《うら》めしそうに折紙を見上げながら、逃《に》げるように影の中に消えていった。

「あらあら、随分《ずいぶん》と手荒《てあら》いですわね」

「殺さなかっただけ加減はしている」

「ふうん……そうですの」

狂三は唇を指で撫《な》でながら眉《まゆ》をひそめた。

「それで、わたくしに一体何の用でして？　まさか、精霊になればわたくしに勝てるとでもお思いですの？　もし分身体の力を物差しにしておられるのだとしたら、痛い目を見ますわよ」

　言って、挑発《ちょうはつ》するように指をクイと曲げてみせる。

　だがそれでも、折紙は仕掛《しか》けてこなかった。ただ静かに狂三の目を見据《みす》えたまま、言葉を発してくる。

「……、私は、あなたと戦いに来たのではない」

　その言葉は信じてもよいだろう。もしも折紙が狂三に敵対する意志を持っているのなら、分身体を逃がさず、殺していたはずだ。

　しかし、狂三は挑発を込《こ》めて口元を歪《ゆが》めた。

「あら、精霊嫌《ぎら》いの折紙さんとは思えないお言葉ですわね。何人もの人間を殺している精霊と対峙《たいじ》しておられるというのに、討《う》たなくてもよろしいんですの？」

「…………」

　そこで初めて、折紙の眉がぴくりと動く。だがそれでも、折紙は狂三を攻撃《こうげき》してこようとはしなかった。

　いよいよ折紙の狙いがわからない。狂三は大仰《おおぎょう》に肩をすくめてみせた。

「なら、一体何ですの？　お茶のお誘《さそ》いというわけでもありませんでしょう？」

　狂三が言うと、折紙は真剣《しんけん》な表情のまま首を前に倒《たお》した。

「一つ、質問に答えて欲しい」

「質問……ですの。うふふ、答えられるかどうかは内容によりますわねえ」

おどけるように言う。折紙はそれを了承《りょうしょう》の印と受け取ったのだろう。真っ直《す》ぐ狂三を見据えたまま、言葉を続けてきた。

「あなたの天使〈刻々帝《ザフキエル》〉は、時間を操《あやつ》る天使。そして一二ある文字盤の一つ一つに、異なる能力を有している」

「…………」

狂三は無言のままあごを撫でた。

折紙の言うことは概《おおむ》ね当たっている。……が、それは別段警戒するようなことでもなかった。別に懇切丁寧《こんせつていねい》に説明をした覚えはないが、折紙は以前、狂三が天使〈刻々帝《ザフキエル》〉を使う場面を目撃している。

しかし。次なる折紙の言葉に、狂三は思わず眉根を寄せることになってしまった。

なぜなら、

「——その一二のうちのいずれかに、撃《う》った対象を過去に送る弾《たま》は存在する？」

狂三が一度も見せたことのない最後の弾——【一二の弾《ユッド・ベート》】の能力を、折紙が正確に言い当ててみせたからである。

とはいえ、彼女くらい頭のいい少女であれば、今まで見た〈刻々帝《ザフキエル》〉の能力から、残る能力を類推するくらいは容易《たやす》くできるだろう。時間を操る力——とくれば、時間遡行《そこう》を思いつくのは当然のことかもしれなかった。

「……もしあるとしたなら、どうだといいますの？」

狂三は怪訝《けげん》そうな顔を作りながら問い返した。

嘘《うそ》を吐《つ》くのも、惚《とぼ》けるのも容易い。だが、狂三はそれをしなかった。咄嗟《とっさ》のことで度肝《どぎも》を抜《ぬ》かれたというのもあるし……何より、「ない」と言ってしまった瞬間《しゅんかん》、自分の願いをも否定してしまうような気がしたのである。

その回答を肯定《こうてい》と受け取ったのだろう、折紙が続けてくる。

「——時崎狂三。あなたの力を借りたい」

「……は？」

折紙から発された意外な言葉に、狂三は思わず目を丸くした。

「今、何と仰《おっしゃ》いまして？」

「あなたの力を借りたい、と言った。——あなたの、天使の力を」

「…………あら、あら」

狂三はあごを撫でながら、思惑を探《さぐ》るように折紙に視線を這《は》わせた。

「わたくしに、あなたのために【一二の弾《ユッド・ベート》】を使えと、そう仰りたいんですの？」

「そう」

「…………」

狂三は無言で穏《おだ》やかな笑《え》みを作ると、右手をすっと開いた。

すると影から古式の歩兵銃《じゅう》が飛び出してきて、その手に収まる。同時、狂三はその銃口を折紙に向けると、何の躊躇《ためら》いもなく引き金を引いていた。

既《すで》に銃身に装塡《そうてん》されていた影の弾が、折紙に向かって放たれる。

が、弾が折紙の柔肌《やわはだ》に食い込む寸前、その身体が光と消え、影の弾丸《だんがん》は的を失って真っ直ぐ夜闇を裂《さ》いていった。

一瞬あと、狂三は背後に気配を感じて即座《そくざ》に振《ふ》り向いた。——先ほど消えた折紙が、そこに立っていた。

「あなたの力は非常に強力。しかし、当たらなければ意味がない」

「……あらあら、お見事な手品を身につけられましたわね」

狂三は内心の不快感を悟《さと》られぬよう気安く笑いながら言葉を続けた。

「ですけれど、今のが答えですわ。残念ながらご期待には添《そ》えませんわね。【一二の弾《ユッド・ベート》】はわたくしの持つ弾の中でも特別な一発。あなたに撃って差し上げなければならない道理はありませんわ」

そう。【一二の弾《ユッド・ベート》】は狂三の最後の弾。狂三の悲願を達成するための唯一《ゆいいつ》の手段である。

それを、突然横から現れた折紙などに使ってやる義理などはない。

「…………」

狂三が言うも、折紙はジッと狂三の目を見つめたまま動こうとしなかった。

そのままどれくらい時間が経《た》っただろうか、根負けした狂三はふうと息を吐《は》いた。

「一応……聞くだけ聞いておきますけれど。【一二の弾《ユッド・ベート》】を使って何をするおつもりですの？　まさか、幼少期の無邪気《むじゃき》な士道さんが見てみたい……だなんて理由ではないでしょう？」

「…………」

別に心変わりをしたわけではない。だが、精霊の力を手に入れた折紙が【一二の弾《ユッド・ベート》】を使って何をしようとしているのか──それには、非常に興味があった。

折紙は数瞬の思案のあと、こくりとうなずき、唇《くちびる》を動かした。

「あなたの弾で、私を撃って欲しい。──私を、五年前の八月三日に、飛ばして欲しい」

「……五年前？」

狂三は怪訝そうに眉根を寄せた。

「その時代で一体、何をしようというんですの？」

問うと、折紙は一瞬視線を険しくしてから続けてきた。

「私は、五年前に戻って、私の両親を殺した精霊を、殺す。お父さんとお母さんが死んだという出来事を、なかったことにする。——私はこの力で、歴史を変える」

言って、決意を示すように折紙が拳《こぶし》を握《にぎ》る。

それを聞いて、狂三は小さく息を詰《つ》まらせた。

「……、そう、ですの」

別に折紙の決意に気圧《けお》されたわけではない。ただ——その目的に一瞬だけ、己《おのれ》の姿が重なって見えてしまったのである。

「わたくしが断ったなら、いかがするおつもりですの？」

「あなたが了承してくれるよう、手を尽《つ》くすだけ」

「……ふうん、言ってくださいますわね」

狂三は顔を歪めると、再度折紙に銃口を向けた。

手を尽くす、という言葉の中に、強硬《きょうこう》手段の類《たぐい》が含《ふく》まれていることは容易に知れた。その気になれば、無理矢理にでも狂三に【一二の弾《ユッド・ベート》】を撃たせようという意志が感じ取れる。

狂三を侮《あなど》っているのか、それとも突然《とつぜん》手に入れた精霊の力に舞《ま》い上がっているのか……

否《いな》、あの鳶一折紙がそんな理由で戦力を見誤るとは思えなかった。だとすれば折紙が挑発にも近い言葉を吐いた理由は、本当に狂三を屈服《くっぷく》させることができると思っているか――さもなくば、計算も何もせず、狂三の前に立っているのかのどちらかだ。

頭のいい折紙が無謀《むぼう》な行動に出るとは考えづらい。だが、狂三には折紙の行動が、後者のそれに思えて仕方なかった。

冷静且《か》つ沈着《ちんちゃく》な折紙が、後先を考えずに進んでしまう理由。本当に可能かどうかすら確認の取れていない可能性に縋《すが》るため、敵の前に立つ理由。

取り返しようのない過去を、取り返せる可能性。

過ぎ去ってしまった出来事を、やり直せる可能性。

その甘い誘惑《ゆうわく》は、いとも容易く人の心に入り込み、麻薬《まやく》のように侵食《しんしょく》を広げていく。たとえ本人がそれを自覚していようと構いなく、焦《こ》がれるようにそれを求めさせてしまう。

――狂三にはそれが、痛いほどに理解できてしまったのである。

「…………」

無言で、銃口を下げる。

「……まあ、いいですわ。わたくしとしても、【一二の弾《ユッド・ベート》】を一度も撃たないまま『本番』を迎《むか》えるのは不安でしたし。あなたを実験台にさせていただくと致《いた》しますわ」

「……！　本当？」

折紙が目を見開き、言ってくる。その表情は、いつもの折紙からは考えられないくらい純粋《じゅんすい》で――それこそ、無邪気な幼子のようにすら見えた。

「……なんだか、調子が狂《くる》いますわね」

狂三はぽりぽりと頰《ほお》をかくと、気を取り直すように咳払《せきばら》いをした。

「とはいえ、【一二の弾《ユッド・ベート》】の使用には膨大《ぼうだい》な霊力《れいりょく》が必要になりましてよ。もちろん、わたくしの霊力を使う気は毛頭ありませんわ。あなたにそれが支払《しはら》えまして？」

「構わない。どれくらい必要なの」

折紙が真摯《しんし》な目で問うてくる。狂三は人差し指を立てると、思案するように唇に触《ふ》れさせた。

「遡行する日時がどれだけ離《はな》れているかによって変化しますわね。それが過去であればあるほど、消費する霊力は指数関数的に増えていきますわ。それこそ――三〇年前まで遡《さかのぼ》ろうとすれば、精霊一人の命を使い潰《つぶ》してしまいかねないくらいに」

「……三〇年前？」

折紙が怪訝そうな顔を作ってくる。狂三は適当に手を振って誤魔化《ごまか》すと、再度折紙の目を見た。

「あとは――そうですわね。遡行先の時間にどれくらいの長さ留《とど》まっているかによっても使用霊力の量は変動致しますけれど……こればかりは、わたくしも試《ため》したことがないので感覚が摑《つか》めておりませんの。もちろん、過去に戻った側から現在の時間に戻されるなどということはないと思いますけれど、細かな時間指定までは対応しかねますわ」

「構わない。――すぐに始末を付ければ問題ない」

狂三が言うと、折紙は即座にそう答えてきた。

よほど自信があるのだろうか、その目に迷いや逡巡《しゅんじゅん》は感じられない。

実際、今の折紙であれば、五年間の時間遡行に必要な霊力を消費したとしても、十分戦《せん》闘《とう》に耐《た》えられるくらいの余力を残すことができるだろう。折紙の纏《まと》う濃密《のうみつ》な霊力は、こうして対面しているだけでも色濃《いろこ》く感じることができた。

「そうですの。――では」

狂三はその場でくるりと身を翻《ひるがえ》すと、空いている左手でスカートを摘《つま》み、大仰《おおぎょう》にお辞儀《じぎ》をしてみせた。

「さっそく始めさせていただきますわ。――さあ、おいでなさい、〈刻々帝《ザアアアフキエエエエル》〉」

するとその声に合わせるようにして、狂三の足元に蟠《わだかま》った影《かげ》から、巨大《きょだい》な時計の文字盤《ばん》が出現した。

〈刻々帝《ザフキエル》〉。狂三の持つ、時間を操る天使である。

狂三は既に手にしていた歩兵銃の銃口を上方に掲《かか》げながら、タン、タン、とその場でステップを踏《ふ》むように足を鳴らした。

するとその瞬間、狂三の影がその面積を広げ、ビルの屋上を這うようにして折紙の足元に蟠った。

「——これは」

すぐに異常に気づいたのだろう。折紙が微《かす》かに眉根《まゆね》を寄せる。

「うふふ、覚えておられますかしら」

狂三は唇の端《はし》を上げて笑った。折紙も以前、学校でこの影を踏んだことがあるはずである。

〈時喰《は》みの城〉。狂三の影を広げ、それを踏んでいる人間から『時間』を吸収する狂三の能力である。しかもこれは、いつも使うような広範囲《こうはんい》のものではなく、影を極限まで濃《のう》縮《しゅく》し、対象から直接霊力を吸収できるよう設定した特別版だ。恐《おそ》らく折紙は今、自分の力が急速に抜き取られている感覚を覚えていることだろう。

「もしやめるのなら、今が最後のチャンスですわよ。わたくしは不誠実ですわ。もしかしたら、霊力を奪うだけ奪って、約束を反故《ほご》にするかもしれませんわよ？」

言って、嫌《いや》らしく笑ってみせる。

だが折紙は、まっすぐ狂三を見据《みす》えたまま視線を外そうとしなかった。

「……それでも。私は、あなたに縋るしかない」

「そうですの」

あの計算高い折紙とは思えない言葉である。狂三は呆《あき》れるように息を吐くと、折紙から十分な量の霊力を確保するのを待ってから、銃を握っている右手に力を込めた。

今自分が言ったように、折紙の霊力を吸い尽くしてしまう手もあった。そうでなくとも、【一二の弾《ユッド・ベート》】を撃《う》つのに要する以上の霊力を余分に吸収してしまってもよいはずだった。

だが、狂三はそれをしなかった。理由は……自分でもよくわからない。

もしかしたら、見たかったのかもしれなかった。

自分以外に、その方法に辿《たど》り着《つ》いた――辿り着いてしまった少女が、どのような道を切り拓《ひら》くのかを。

――あるいは、どのような末路を辿るのかを。

「〈刻々帝《ザフキエル》〉――【一二の弾《ユッド・ベート》】!!」

そして、叫《さけ》ぶ。その存在を、能力を識りながら、一度も撃ったことのない最後の弾の名を。

〈刻々帝《ザフキエル》〉が今までに聞いたことのないような軋《きし》みを上げ、黒い輝《かがや》きを放ち始める。霊力の余波が雷《かみなり》のように弾《はじ》け、辺りにバチバチと散っていった。

やがてそれらが一点——文字盤のXIIに収束していったかと思うと、そこから濃密な影が迸《ほとばし》り、狂三の構えた銃《じゅう》の銃口に吸い込まれていった。

弾を収めた銃が、手の中で震《ふる》えるような感覚。超《ちょう》高濃度の霊力が、銃の中で暴れ回っているのだ。

まるでそれは、目に見えない何者かが狂三にその弾を撃たせまいとしているかのようだった。時間という不可逆にして不可侵な存在を超越《ちょうえつ》する、神と条理に背《そむ》きし力を手に握る感触《かんしょく》である。

狂三はニッと唇を歪《ゆが》めると、その銃口を折紙に向け——引き金を引いた。

「さあ、行ってらっしゃいまし、折紙さん。——あなたの悲願を叶《かな》えるために」

銃口から放たれた漆黒《しっこく》の弾丸《だんがん》は、空間に黒い軌跡《きせき》を残しながら一直線に飛んでいき——

「……ッ！」

折紙の胸元《むなもと》に触れた瞬間《しゅんかん》、その身体《からだ》を弾の回転に巻き込むように抉《えぐ》った。

そして、そのねじれが次第《しだい》に大きくなっていったかと思うと、やがて折紙の身体は、弾道に引っ張られるように歪曲《わいきょく》し、その空間から消えていった。

「……ふぅ」

一瞬あと。今の今まで鳶一折紙がいた空間を夜風が撫《な》でていくのを見ながら、狂三は銃を下ろした。

「──見せてくださいまし。世界を書き換《か》えようという愚《おろ》かで無謀な行いを、神がどこまで許すのか」

狂三は独り言のようにそう呟《つぶや》くと、手から力を抜《ぬ》き、銃を影の中に落とした。

◇

「う……」

折紙は小さく眉をひそめた。狂三の撃った弾が胸に触れた瞬間、自分の存在がねじ切られるかのような感覚が襲《おそ》ってきたかと思うと、一瞬意識が寸断されたのである。

痛みはない。だがその代わり、足を摑んで身体を滅茶苦茶《めちゃくちゃ》に振《ふ》り回されたあとのような酩酊《めいてい》感と嘔吐《おうと》感が折紙の胸元に蟠っていた。

「……っ」

その一瞬あと、折紙は思わず息を詰まらせた。

意識がはっきりしていくのと同時、今度は強烈《きょうれつ》な重力と空を飛ぶような浮遊《ふゆう》感が襲ってきたのだ。

そう。折紙は今、空中から真っ逆さまに落下していたのである。

「ふッ――」

折紙は身体に軽く力を入れると、空中に静止し、姿勢を正した。

方法としては、CR-ユニットを用いていたときの随意領域《テリトリー》操作とさほど変わらない。

頭の中で指令を発し、己を包む空間をそれに合わせてねじ曲げるような感覚である。

精霊の力と魔術師《ウィザード》のそれが本質的に似通ったものなのか、それとも折紙の記憶《きおく》の中で精霊の力の扱《あつか》いに適合する感覚として、CR-ユニットの操作が関連づけられただけなのか。

その判断は付かなかったが、何にせよそれは折紙にとって僥倖《ぎょうこう》だった。

もし『空を飛ぶ』という感覚を常識的に備えていなかったなら、咄嗟《とっさ》の判断ができずに地面に叩《たた》き付けられていたに違いない。――もっとも、今の折紙であれば高所から落ちたくらいで死ぬことはなかっただろうが。

「ここは……」

折紙は未《いま》だ頭に残った鈍《にぶ》い痛みに眉根を寄せながら、空中で視線を巡《めぐ》らせた。

奇妙《きみょう》な感覚。先ほどまで真っ暗だった空が、場面を巻き戻《もど》したかのように明るくなっている。正確な時刻はわからなかったが、夕暮れ前といったところだろう。日が傾《かたむ》きかけ、建物の影が伸《の》び始める時間帯だ。

そして上空から街を見回すと、地上の様子が、先ほどまでいたビルの上からの風景と少し違っていることがわかる。

正確に言うのならば、大きな道や区画の形はほとんど変わりない。だが、建ち並んだ建造物や掲げられた看板の柄《がら》などが、折紙の記憶にあるそれと異なっていたのだ。

さらにもう一つ違いを挙げるのであれば、街路樹や公園の樹木の様子も先ほどとは異なっていた。折紙の記憶の中では赤く色づいていた木々の葉が、真夏のそれのように青々と茂《しげ》っていたのである。

そこで、折紙は自分の真下に視線をやった。するとそこに、高層建築物の下地となるであろう基礎《きそ》部分を中心として、様々な重機が並んでいることがわかる。

――そういえば、先ほどまで折紙と狂三が会話をしていたビルは、五年前にはまだ完成していなかった。

それを認識して、改めて顔を上げる。

「――五年前の、天宮市」

その言葉を口にすると、折紙は全身に鳥肌《とりはだ》が立つのを感じた。興奮で動悸《どうき》が激しくなり、しばらく声を発することができなくなる。

だが、それも無理からぬことではあった。決して叶わないはずだった悲願に指を掛《か》けられた瞬間の放心を、一体誰《だれ》が咎《とが》められよう。五年間。実に人生の四半以上を復讐《ふくしゅう》に捧《ささ》げてきた少女の感慨《かんがい》を、一体誰が笑えよう。

精霊となり、精霊の力で、精霊を殺しに過去に舞《ま》い戻る。にわかには信じられない異常な状況《じょうきょう》。恐らく一日前の折紙にそれを告げたところで、質《たち》の悪い冗談《じょうだん》としか取られないであろう、荒唐無稽《こうとうむけい》な出来事。

しかし、五感を通じて感ずる世界は、全《すべ》て現実のそれであった。頬《ほお》を抓《つね》るまでもなく、真実と確信することができた。

折紙は今――戻ってきたのだ。

五年前の八月三日。

折紙の両親が、精霊によって殺されたあの日に。

求めて、欲《ほっ》して、焦《こ》がれて――それでも手の届かなかったあの日に、戻ってきたのだ。

「――ああ」

折紙は誰も聞くことのないであろう感嘆《かんたん》を発し、息を細く吐《は》いた。

そして拳《こぶし》を握《にぎ》り、決意を新たにするように視線を鋭《するど》くする。

――今は、そこまででいい。

それ以上の言葉を発するのは、目的を達したあとでなければならない。

そう。折紙はようやく舞台《ぶたい》に上がっただけなのだ。重要なのはここからである。——折紙は頭の中に、あのとき目にした光景を思い起こした。

燃え盛る街。空から降り注いだ光によって灼《や》かれる両親。——空に浮遊した、憎《にく》き精霊のシルエット。

父と母が殺される前に、あの精霊を殺す。両親が死んだという事実そのものを、なかったことにする。今まで『そう』であった世界を作り変える。

それを終えるまでは、折紙に涙《なみだ》を流すことは許されなかった。

敵は精霊であり、世界。しかし折紙の心の中に、怯《ひる》みや躊躇《ためら》いなどというものは一欠片《かけら》も存在しなかった。

あるのはただ、燃え盛るような復讐心と、燦然《さんぜん》と光を放つ、希望。

折紙は滲《にじ》みかけた涙を拭《ぬぐ》うように親指で目尻《めじり》を擦《こす》ると、身体の向きを後方へと向け、声を上げた。

「〈絶滅天使《メタトロン》〉——【天翼《マルアク》】」

同時、折紙の周囲の空間にキラキラと光の粒子《りゅうし》が輝いたかと思うと、それが折紙の背に収束し、翼《つばさ》の形を取った〈絶滅天使《メタトロン》〉が顕現《けんげん》した。

折紙は【天翼《マルアク》】を羽ばたかせるように動かすと、高速で空を滑《すべ》るように飛んでいった。

無論、進路は――南。

五年前まで折紙が暮らしていた、天宮市南甲町の方向である。

時間遡行《そこう》には成功したものの、一体どれだけの時間こちらに留《とど》まっていられるかはわからない。ならば迅速《じんそく》に行動せねばならなかった。ここまできて、仇《かたき》の精霊を見つけられずに――否《いな》、見つけたとしても、倒《たお》しきる前にタイムリミットを迎《むか》えてしまっては、それこそ目も当てられない。

折紙は長年胸に抱《いだ》き続けた殺意を研《と》ぎ澄《す》ましながら、目的の住宅街へと急いだ。

すると程《ほど》なくして、耳にけたたましい音が響《ひび》いてくる。

一瞬空間震警報かとも思ったが――違う。これは火災警報。そして、消防車や救急車のサイレンの音である。

「…………ッ」

それと同時、折紙は目の前が陽炎《かげろう》のように揺《ゆ》らめくのを感じた。

前方にある街が――燃えている。

何の比喩《ひゆ》でも冗談でもない。視界に広がった住宅街が、まるで空襲《くうしゅう》にでも遭《あ》ったかのように、真っ赤に燃え盛っていたのである。警報やサイレンに交じって建物の倒壊《とうかい》する音や轟々《ごうごう》という炎《ほのお》の音、そして逃《に》げ惑《まど》う人々の悲鳴が響き、地獄《じごく》のような様相を呈《てい》している。

折紙の記憶にもある。五年前の、南甲町大火災。

それがまさに、今目の前で起こっていた。

「……っ、なら――」

過去の記憶が呼び起こされ、一瞬放心しかけた折紙だったが、すぐに気を取り直す。

この大火災は、五河琴里――炎の精霊《せいれい》〈イフリート〉が起こしたものである。精霊の力を制御《せいぎょ》しきれず、その膨大《ぼうだい》な霊力の余波で辺りを火の海に変えてしまったのだ。

ならば今、そこにはいるはずなのである。

――五河琴里を精霊にした、もう一人の精霊が。

「ふッ――」

折紙はそれを認識すると同時、高度を下げて街の上を巡るように飛んだ。

火の粉が散り、黒煙《こくえん》が舞い、視界は非常に悪い。だが、折紙は構わず視線を街に巡らせた。

そして――発見する。

小学生くらいの少年と、淡《あわ》く輝く霊装を纏《まと》った幼い少女の姿を。

「……、士道……！」

折紙は思わず声を発していた。

そう。それは間違《まちが》いなく、折紙の恋人《こいびと》・五河士道と、その妹——五河琴里の五年前の姿だったのである。

と、いうことは——

「——」

折紙は、ごくりと息を呑《の》みながら、視線を士道たちから少しだけずらした。

地面にへたり込む士道たちの、すぐ隣《となり》。

そこに。

『それ』は、いた。

年齢《ねんれい》も、性別も、背格好も、何一つわからない、しかし確かにそこにいる『何か』。

存在にノイズがかかったかのような精霊が、そこに立っていたのである。

やはりその姿は、折紙に精霊の力を与《あた》えた存在と酷似《こくじ》していた。——同一の存在なのか。

それとも同様の方法で正体を隠匿《いんとく》しているだけで、別の存在なのか。

だが、そんなことは今の折紙にとっては取るに足らない些末《さまつ》事に過ぎなかった。

「——見つ、けた」

折紙は、呟くように声を発した。

それと同時、全身の体温がすうっと下がっていくのを感じる。

「見つけた。見つけた。見つけた見つけた見つけた見つけた見つけた見つけた見つけた見つけた見つけた見つけた見つけた見つけた見つけた見つけた見つけた見つけた。

――ついに、見つけた」

意識がクリアーになり、視界の中にその精霊――〈ファントム〉しか見えなくなる。

恋する乙女《おとめ》のように焦がれた仇をようやく見つけたというのに、折紙の頭は異常なほどに冷静だった。――冷たすぎて、凍傷《とうしょう》になってしまいかねないほどに。

己《おのれ》の全てが、『それ』を殺すために最適化されていくような感覚。今の折紙は一個の殺意であり、刃《やいば》であった。

「――〈絶滅天使《メタトロン》〉」

右手を掲《かか》げ、その名を呼ぶ。

すると折紙の背に顕現していた翼が一房《ひとふさ》独立して宙に舞い、その先端《せんたん》を下方に向けた。

次の瞬間《しゅんかん》、〈絶滅天使《メタトロン》〉の先端から光線が迸《ほとばし》り、地上に立つ〈ファントム〉を襲《おそ》う。

が、光が着弾《ちゃくだん》する一瞬前、〈ファントム〉が蠢動《しゅんどう》したかと思うと、その場から〈ファントム〉の姿が消えていた。

「…………」

しかし、折紙は焦《あせ》らなかった。——ゆっくりと、前方に顔を上げる。

すると空中——折紙と同じ高さに、先ほどまで地上にいた〈ファントム〉が現れていることがわかった。あの一瞬で折紙の攻撃《こうげき》を避《さ》け、ここまで飛んできたらしい。

【——あれ？】

〈ファントム〉が、聞き取りづらい声で話しかけてくる。

【いきなり攻撃してくるなんて一体何者かと思ったら……君は、精霊なの？】

その身体《からだ》を覆《おお》うノイズのため、細かな表情を見取ることはできなかったが、〈ファントム〉が驚《おどろ》いたような仕草を取っていることは何となく知れた。興味深げに折紙を見回し、言葉を続けてくる。

【しかもその天使——〈絶滅天使《メタトロン》〉……？　一体どういうことかな？　私はまだ、その霊結晶《セフィラ》を持っているのだけれど】

〈ファントム〉が首を傾《かし》げ、言ってくる。

その言葉から、やはり今目の前にいる精霊と、折紙に霊力を与えた『何か』が同一の存在であるらしいことが推測できた。

しかし、今の折紙にはもう、仇から力を得てしまったという嫌悪《けんお》感はなかった。むしろ、己の与えた力で討《う》たれることになるこの〈ファントム〉の失策に、ある種優越《ゆうえつ》にさえ近い高揚《こうよう》を覚えていた。

【ねえ、君は、誰？　一体どこから来たの？　なぜ私を攻撃するの？】

「——あああああああッ！」

折紙は答えず、叫《さけ》びを上げると、右手を前方に向けた。

するとそれに合わせるように、〈絶滅天使《メタトロン》〉がその先端を前に向け、〈ファントム〉に向かって光線を放った。

〈ファントム〉が先ほどのように身体を蠢動させ、紙一重《ひとえ》でそれをかわす。

【……間違いなく〈絶滅天使《メタトロン》〉——か。だとすると考えられるのは……〈刻々帝《ザフキエル》〉の力で時間遡行でもしてきたのかな？　もしそうだとしたら……少し意外だな。まさかあの子が誰かに力を貸すなんて】

〈ファントム〉が、独り言のように呟《つぶや》く。だが、今の折紙にそんなことは関係なかった。

「【光剣《カドゥール》】……っ！」

——折紙は両手を大きく広げた。するとそれに合わせるように翼状になっていた〈絶滅《メタ》天使《トロン》〉が全てバラバラになって空中に展開し、その先端を〈ファントム〉に向ける。

「——はぁぁぁッ‼」

折紙が叫ぶと同時、それら全ての先端から、〈ファントム〉に向けて光線が放たれた。

【――っ】

〈ファントム〉が息を詰《つ》まらせ、空中を滑るようにして光線をすんでのところで避けていく。

しかし、〈絶滅天使《メタトロン》〉の攻撃は全方位から絶え間なく続く。威力《いりょく》自体も、士道を巻き込まないように力をセーブして撃《う》った初撃とは異なり、全力である。

〈ファントム〉も、その場にいてはいずれ攻撃を貰《もら》ってしまうと判断したのだろう。〈絶滅天使《メタトロン》〉の間を抜《ぬ》けるようにして後方へと離脱《りだつ》し、そのまま折紙から逃《のが》れるように空を飛んでいった。

「逃がさない……！」

折紙は視線を鋭《するど》くすると、〈絶滅天使《メタトロン》〉を周囲に展開させたまま、自身も空を蹴《け》って〈ファントム〉を追跡《ついせき》した。

複雑な軌跡《きせき》を描《えが》きながら空を舞《ま》う〈ファントム〉を追いながら、幾度《いくど》も光線を放つ。〈ファントム〉はそれらの攻撃を全てかわしながらも、段々と移動距離《きょり》が短くなっていった。

【はあ……どうやら、未来の私は随分《ずいぶん》と君に恨《うら》みを買ってしまったみたいだね】

どれくらい追いかけっこが続いた頃《ころ》だろうか、空を縦横無尽《じゅうおうむじん》に飛び回って光線を避けながら、〈ファントム〉がうんざりとした声を発してきた。

【……でも、悪いけれど、ここで君に殺されてあげるわけにはいかないんだ。──私にも、叶《かな》えなければならない願いがあるからね】

「…………ッ」

その言葉に、折紙は眉根《まゆね》を寄せた。

「願い──だと？」

折紙の言葉に呼応するように、〈絶滅天使《メタトロン》〉が隼《はやぶさ》のように宙を舞い、空に光の線を引いていく。

「私のお父さんを……私のお母さんを殺しておいて、願い……？　ふざけるな。ふざけるな。ふざけるな……ッ！　あなたには、願う間さえ与えない。祈《いの》る時間さえ与えない。何も成さないまま死んでいけ。何も残さないまま消えていけ。その空虚《くうきょ》な心に、後悔《こうかい》だけを抱いてこの世から失《う》せろ──ッ！」

しかし。折紙の言葉に、〈ファントム〉は不思議そうに首を傾げた。

【君のお父さんと、お母さん……？　何を言っているの？　覚えがないよ。悪いけれど、人違いじゃあないかな？】

「……ッ！」

〈ファントム〉の言葉に、折紙は息を詰まらせた。

とはいえ、〈ファントム〉の答えは、当然といえば当然なのである。なぜなら今の段階では、〈ファントム〉は折紙の両親を殺していないのだ。犯《おか》していない罪を追及《ついきゅう》されたとしても、答えようがないのが実情だろう。

だが。〈ファントム〉の答えは、一つの純然たる事実を示してもいた。

〈ファントム〉は言った。「覚えがない」と。

つまり、〈ファントム〉が惚《とぼ》けているのでなければ、〈ファントム〉は、本来であればあと数分で折紙の両親を殺すであろうこの状況《じょうきょう》で、その名を、存在を、認識すらしていなかったということである。

その行為《こうい》に計画性はなく、道理はなく——理由は、なかった。

この精霊にとって、折紙の両親を殺した事実は、何らかの主義や目的のためのものではなく、ただその場の気まぐれか——路傍《ろぼう》の蟻《あり》を踏《ふ》み潰《つぶ》したに過ぎない、取るに足らない出来事だった。

折紙は、とうに憤慨《ふんがい》に狂《くる》った頭が、さらにぐちゃぐちゃに掻《か》き回されるかのような感覚を覚えた。

怒《いか》りが全身を駆《か》け巡《めぐ》り、皮膚《ひふ》を突《つ》き破ってしまいそうになる。

もはやこの感覚をどう言い表せばいいのか、折紙にすらわからなかった。憤怒《ふんぬ》。殺意。憎悪《ぞうお》。そんな言葉では、折紙の心を満たす狂気的《きょうき》な感情を一割も示せなかった。

ただ確かなのは——〈ファントム〉がこの世界に存在していることが、絶対に許容できないということだった。

「貴——様ァァァァァァッ！」

絶叫《ぜっきょう》とともに、空に散った〈絶滅天使《メタトロン》〉全《すべ》てから一斉《いっせい》に光線を放ち、〈ファントム〉を攻撃する。しかし〈ファントム〉は絶妙《ぜつみょう》な動きでそれら全てを避けてみせた。

が——それは計算のうちである。折紙は数分間の攻防で〈ファントム〉の回避《かいひ》の癖《くせ》を見《み》抜《ぬ》き、敢《あ》えて避けやすいように光線を撃ったのだ。

そう。〈ファントム〉が、ここしかないと身を滑《すべ》り込ませた安全地帯。全ての光線をギリギリでかわせる場所。しかしそれは裏を返せば、〈ファントム〉を取り囲む光の檻《おり》が形成されるということに他《ほか》ならなかった。

それが形を保つのはほんの数瞬。しかし、それだけあれば十分だった。

「——はぁぁッ！」

折紙は光線の軌跡が空に残っている段階で〈絶滅天使《メタトロン》〉を結集、〈ファントム〉の頭上で王冠《おうかん》型にすると、〈ファントム〉を空から叩《たた》き落とすように、その先端から極大の光線を下方に向けて放った。

【…………ッ】

〈ファントム〉が、初めて狼狽《ろうばい》らしきものを滲《にじ》ませる。

しかし、判断は早かった。さすがにその攻撃は無傷では避けられないと思ったのだろう。〈ファントム〉は自分を取り囲む光の檻に体当たりし、紙一重のところで、頭上から降り注ぐ光線を避けた。折紙の霊力《れいりょく》を結集した必殺の一撃は、対象を失ってそのまま地上に突き刺《さ》さった。

同時に、〈ファントム〉を包む霊力の壁《かべ》と、檻と化していた〈絶滅天使《メタトロン》〉の光線が触《ふ》れ合い、火花のように霊力を散らす。凄《すさ》まじい光が辺りに広がり、一瞬目が眩《くら》んでしまう。

だが、〈ファントム〉はその隙《すき》を衝《つ》いて折紙を攻撃してこようとはしなかった。

その場に留《とど》まったまま、静かに声を発してくる。

「……今のはお見事だったよ。さすがに避けきれなかった。まさか、こんなにも見事に〈絶滅天使《メタトロン》〉を使いこなすなんて」

「――――?」

と。折紙は思わず眉をひそめた。

先ほどまで男か女かもわからず、辛《かろ》うじて言葉が聞き取れるだけだった〈ファントム〉

の声が、驚くほどクリアーに折紙の鼓膜《こまく》を震《ふる》わせたのである。

そう。それは──年若い、女の声だった。

「……しかし、困ったな。できれば厄介事《やっかいごと》は避けたいのだけれど、これほどの力を振《ふ》るえる少女に霊結晶《セフィラ》を渡《わた》さないというのは考えられないし……。自分に弓引くことをわかっていながら、反逆の精霊を作ってしまうことになる……か」

言って、〈ファントム〉がくるりと折紙に背を向ける。

その姿は、全身がノイズに覆われた正体不明の存在ではなく──長い髪《かみ》を風になびかせた、少女のそれであった。

恐《おそ》らく、無理矢理に折紙の光の檻を破った際に、彼女を覆っていたノイズの膜《まく》が一時的に消えたのだろう。今までまったく認識できていなかった〈ファントム〉の正体が今、白日の下《もと》に晒《さら》されていた。

だが、折紙が数瞬とはいえ攻撃の手を止めてしまった理由は、それだけではなかった。

──彼女の発する声に、聞き覚えがある気がしたのである。

「あなた、は──」

折紙の声を無視して、少女が言葉を続ける。

「……まあ、でもそれも仕方ないか。力ある精霊の誕生は、歓迎《かんげい》すべきことだしね。この一撃は甘んじて受け入れるとするよ。全ては――私の願いのために」

そう言うと、少女は折紙に顔を見せぬまま、小さく手を振った。

「――じゃあね。私はこれでおいとますることにするよ。今日の目的はとりあえず達したしね。本当は君の力をもう少し見たいのだけれど……これ以上ここにいても、いいことはなさそうだ」

瞬間《しゅんかん》、少女の姿がゆっくりと虚空《こくう》に掻き消えていく。

「……ッ！　待て！」

折紙は〈絶滅天使《メタトロン》〉を再びバラバラに分解すると、少女の背を射貫《いぬ》くように幾条《いくじょう》もの光線を放った。

が――遅《おそ》い。

〈絶滅天使《メタトロン》〉の光線は、少女の影《かげ》を通り抜け、空の彼方《かなた》へと伸《の》びていった。

「く――」

折紙は少女の姿が消えた空を睨《にら》み付けると、苦々しげに歯嚙《はが》みした。

両親の仇《かたき》を目前で逃《のが》してしまった悔《くや》しさが、全身を駆け回る。

「…………」

否《いな》。折紙は自分の考えを否定するように首を振った。

確かに、折紙は〈ファントム〉を逃《に》がしてしまった。両親の仇を討つことができなかった。

だが、最も大きな目的を達することはできていたのである。

そう。〈ファントム〉が消えたということはつまり──折紙の両親を殺す精霊がいなくなったということだ。

「──あ、あ」

折紙は天を仰《あお》ぎながら声を発した。

折紙の両親は、殺されずに済んだ。

これで──変わる。

世界は、作り替《か》えられる。

狂三の弾《たま》のタイムリミットが過ぎ、現代に戻《もど》ったなら、そこには優《やさ》しい父と母の笑顔《えがお》が待っているはずだった。

「お父さん……お母さん……」

目尻《めじり》に涙《なみだ》が滲む。

折紙は、やり遂《と》げたのだ。

この手で、両親を取り戻したのだ。

決して覆《くつがえ》しようのないはずだった事実を、消し去ったのだ。

——と。

「…………？」

そこで。

折紙は、とあることに気づいた。

「ここは……」

言いながら、眼下に広がる景色を見下ろす。

そこは無論、炎《ほのお》に包まれた住宅街の一角だった。しかし、よくよく見てみると、その道の形に、見覚えがある気がしたのである。

そう。そこは、かつて折紙が住んでいた場所だったのだ。

「————え？」

そして。折紙は小さな声を発した。

空を舞《ま》う折紙の眼下。そこに、一人の少女の姿があったのである。

その姿を見て、折紙は一瞬身を縛《しば》られるような感覚に襲《おそ》われた。

肩口《かたぐち》をくすぐるくらいの髪をピンで留めた、小学校高学年くらいの女の子である。愛らしい貌《かお》をしているのだが、今それは、黒い煤《すす》と呆然《ぼうぜん》とした表情によって、悲壮《ひそう》なものに飾《かざ》り立てられていた。

「あれ、は——」

折紙は震える唇《くちびる》から声を零《こぼ》した。

間違《まちが》いない。間違えようがない。それは。

——五年前の、折紙の姿だったのである。

「え……、ぁ——」

どくん、どくん、と。

心臓が、跳《は》ねる。

頭が、ぐるぐるとかき混ぜられるかのような感覚。

目を、耳を、鼻を——あらゆる感覚器を潰して、外界からの情報を閉ざしたくなる衝動《しょうどう》に駆られる。

だが、折紙は見てしまった。

半ば無意識のうちに、視線が動いてしまった。

——地面にへたり込んだ、小学生の折紙が見ている、先を。

「あ……、ぁ……」

五年前の折紙の前方。そこには、周囲よりも一際《ひときわ》大きな破壊痕《はかいあと》が見て取れた。

滅茶苦茶《めちゃくちゃ》に破壊されたアスファルトの道。如何《いか》に凄まじい火災であろうと、炎などではそうはなるまい。

まるで――上空から光線でも、、、、降り注いだかのような痕だった。

そして、その破壊痕の中央には。

恐らく数瞬前まで人間の形をしていたであろう肉片《にくへん》と骨片が、無数に散らばっていた。

そう。ちょうど……折紙が今し方〈ファントム〉に放った光線の真下辺りに。

「あ、あ、あ、あ、あ、あ……」

視界が揺《ゆ》らぐ。のどが張り付く。指先が震える。

――かつて見た光景が、鮮明《せんめい》にフラッシュバックする。

五年前。炎に包まれた住宅街に戻ってきた折紙は、自宅の前で両親と再会した。

父と母は無事だった。折紙はそれを心から喜び、安堵《あんど》した。

だが、次の瞬間、空から光が降り注ぎ、折紙の目の前にいた両親を、一瞬にして消し去ってしまったのだ。

目を閉じれば今でも思い出せる、悪夢のような光景。

……そう、折紙はそのとき、空を見上げたのだ。

光の降り注いだ先。両親を殺した犯人の姿を捜《さが》すように。

そして――見た。
空の中。そこに、一つのシルエットがあるのを。
精霊の存在を知らなかった五年前の折紙は、その姿をこう表した。
――天使、と。
「――――」
と、そこで地上にいた五年前の折紙が顔を上げ、折紙の方を見てくる。
折紙はその視線を追うように、震える両手に視線を落とした。
そしてその目を、全身に這《は》わせていく。
折紙の華奢《きゃしゃ》な身体《からだ》を覆《おお》った、淡《あわ》い光を放つ純白の霊装。
それを覆うように宙に舞う、無数の『羽』。
何も知らぬ者がその姿を見たならば。
――その姿は、きっと天使に見えたことだろう。
「あ、あ、ああああああああああああ」
全身が、震える。
折紙は頭を抱《かか》えて身体を捩《よじ》った。
自分が摩滅《まめつ》し、消えていくかのような感覚。

否、あるいはそれは願望に近いものなのかもしれなかった。

今すぐにでも己《おのれ》を消し去ってしまいたい嫌悪感《けんおかん》が、脳髄《のうずい》を満たす。自分の存在を許すことができない絶望が、心の間隙《かんげき》を埋《う》め尽《つ》くす。

そこで、地上の小さな折紙が、表情に絶望と憤怒《ふんぬ》を滲《にじ》ませ、口を開いてきた。

辺りに響《ひび》くサイレンや建物が崩《くず》れる音に消されて、声などは聞こえない。

だが、その声が鼓膜を震わせるまでもなく、折紙の頭にはその言葉が鮮明に届いてきた。


――お、まえ、が……お父さんと、お母さんを。

――許、さない……！　殺す……殺してやる……ッ！　私が――必ず……っ！


それは。

折紙が幾度《いくど》も脳内で繰《く》り返した呪詛《じゅそ》に他《ほか》ならなかった。

折紙は、全《すべ》てを理解した。

理解して、しまった。

五年前。ここ、天宮市南甲町の火災現場には、士道たちの言うとおり、確かに複数の精霊が存在していた。
だが……精霊は、二人ではなかった。
火災を引き起こした〈イフリート〉五河琴里。
その琴里を精霊にした、〈ファントム〉。
そして──その〈ファントム〉を討《う》ちに未来から舞い戻った……折紙。
三人の精霊が、存在していたのだ。
折紙は、掠《かす》れた声を発した。

「……わ、たしが……お父さんと、お母さん、を──？」

そう。〈ファントム〉は、折紙の両親を殺してなどいなかった。
折紙の両親を殺した直接の一撃《いちげき》。
それは、折紙自身が放った、〈絶滅天使《メタトロン》〉の光に他ならなかったのである。
「あ、あ、あ、」
それを認識した瞬間。
折紙は、視界に広がる景色の色が、反転するかのような錯覚《さっかく》を覚えた。

「あああ」

世界が、裏返る感覚。

折紙は、意識が途絶《とだ》える寸前、自分の心が真っ黒く塗《ぬ》り潰《つぶ》されていくのを感じた。

第五章　闇降《やみふ》る夜の魔王《まおう》

　時刻は二二時三〇分。士道《しどう》たちは市内の病院の一室にいた。

　あのあとすぐに空間震警報が解除され、街や学校に人が戻《もど》ってきた。すると保健室で傷だらけのまま組んずほぐれつしていた士道たちは、なぜ避難《ひなん》しなかったのと養護教諭《きょうゆ》にひとしきり叱《しか》られたあと、すぐさま病院に搬送《はんそう》されたのである。

　封印状態《ふういん》とはいえ、精霊《せいれい》は人間よりも強靭《きょうじん》な身体《からだ》を持っている。傷の治りにしても、常人よりも遥《はる》かに早い。

　とはいったものの、全員が全員、琴里《ことり》や狂三《くるみ》のように傷をたちどころに治せるわけではないため、彼女らの身体にはまだ痛々しい傷跡《きずあと》が残っていた。それを見た養護教諭が問答無用で一一九番をプッシュしたのも当然といえば当然であった。まあ、もとより皆《みな》を病院に連れて行こうとしていた士道からすれば手間が省けてよかったのだが。

「むう……シドー、お腹《なか》が空《す》いたのだが……」

　と、綺麗《きれい》に包帯が巻き直された十香《とおか》が言ってくる。士道は苦笑しながら肩《かた》をすくめた。

少し前に夕食を摂《と》ったばかりではあるのだが、確かに適量の病院食では十香は満足できなかっただろう。

「……ったく、仕方ないな。でももう遅《おそ》いから、消化にいいものじゃないとな。コンビニでゼリーでも買ってくるか？」

「うむ！」

十香が元気よくうなずく。するとそのやり取りを横で見ていた他の精霊たちが、「ぶー」と不満そうに声を上げてきた。

「こら士道。我を差し置いて眷属《けんぞく》に禁断の果実を与《あた》えるとはどういう了見《りょうけん》だ」

「不満。士道は夕弦《ゆづる》と耶倶矢《かぐや》の共有財産であるという認識が足りません」

「あぁん、十香さんばっかりずるっこですー」

そう。幸い、大部屋が丸ごと空いていたようで、皆同じ部屋に入ることができていたのである。士道と四糸乃《よしの》、七罪《なつみ》は大した怪我《けが》をしていなかったのだが、今は帰る家がなくなってしまったため、避難施設《しせつ》の空きが確認されるまで特別にここに留《とど》まらせてもらっていた。

天宮《てんぐう》市には空間震被害《ひがい》で住居を失った住民を一時的に収容することができる臨時施設が幾《いく》つか存在するのだが、今回は住宅街を中心とした広範囲《こうはんい》に被害が及《およ》んだため、家屋を失った住民が数多く出てしまい、対応が遅《おく》れているらしいのだ。

結局、五河《いつか》家周辺の惨状《さんじょう》は空間震被害ということで片が付けられた。しかしそれも当然である。もとより折紙《おりがみ》はそのつもりで手を回していたのだろうし――そもそも一般《いっぱん》的に言われる空間震被害とは、精霊が現界した際の爆発《ばくはつ》と、精霊とASTなどが戦闘《せんとう》した際の被害を合わせたものだ。決して定義から外れてはいなかった。

「はいはい……全員分買ってくるからちょっと待ってな。――四糸乃と七罪もいるか？」

言って、部屋の奥を見やる。壁際《かべぎわ》に置かれたパイプ椅子《いす》には、四糸乃と七罪が並んで座っていた。

否《いな》、正確に言うのであれば、二人とも目を閉じ、すうすうと寝息《ねいき》を立てながら、互《たが》いに体重を預け合うように寄り添《そ》っている。どうやら、疲《つか》れて眠《ねむ》ってしまったらしい。

「あはは……」

士道はふっと口元を緩《ゆる》ませると、予備の毛布を一枚手に取り、二人に掛《か》けてやった。今日は様々なことがあった。無理もないだろう。

と。

「……ん？」

士道はそこで微《かす》かに眉根《まゆね》を寄せた。どこかから、何かが震《ふる》えるような音が聞こえてきたのである。

「む、どうしたのだシドー」

「いや、何か変な音が……って、あ」

そこで、士道はその音の正体に気づいた。そう。これは携帯《けいたい》のバイブ音である。

「四糸乃かな……？　そういえば病院に入る前に電源切らせるの忘れてたな……」

士道はポリポリと頰《ほお》をかいてから、ううむと唸《うな》った。無論、病院内での携帯電話は御法《ごはっ》度《と》であるのだが、それを精霊に求めるのは酷《こく》というものだろう。注意を忘れた士道の落ち度だった。

「仕方ないな……このままにもしておけないし」

誰《だれ》からの電話かはわからないが、放っておいて何度も着信があっては困る。士道は電源を切るために、そろそろと四糸乃の服のポケットに手を伸《の》ばした。

「あれ？」

だが、目星を付けたポケットに携帯電話は入っていなかった。別のところにしまったのだろうか。士道はなお鳴り響くバイブ音を頼《たよ》りに四糸乃の身体《からだ》を探《さぐ》っていった。

「お……あったあった」

服の内側にあるポケットの中に携帯電話を発見し、手に取る。

と、そこで。

「ん……うん……」

不意に四糸乃がくすぐったそうな声を発したかと思うと、ゆっくりと目を開けた。

そして数瞬の間ぼうっとしたように辺りを見回したあと、目の前まで迫《せま》った士道の顔と、自分の身体をまさぐるように回された手を見て、顔を真っ赤に染めた。

「……っ！　あ、あの……士道ひゃん……!?」

言って、目尻《めじり》に涙《なみだ》を滲《にじ》ませながら、身体を硬直《こうちょく》させる。……なんだか、明らかに誤解されている気がした。

「ちょ……っ、違《ちが》うんだ四糸乃！　これはだな――」

と、士道が弁明しようとしていると、今度は四糸乃の隣《となり》で寝ていた七罪が目を覚ました。

「ん……何よ、騒《そう》々《ぞう》しい……わ、ね……」

そして、七罪はカッと目を見開くと、右手を振《ふ》り上げ、士道のあごに見事なアッパーカットを放ってきた。

「この、腐《くさ》れ外《げ》道《どう》がァァァァァァッ！」

「へぶ……ッ!?」

士道は珍妙《ちんみょう》な叫《さけ》びを上げると、七罪のアッパーの勢いのまま、放物線を描《えが》くように吹《ふ》き飛ばされ、病室の床《ゆか》に仰向《あおむ》けに倒《たお》れ込んだ。カンカンカン！　と試合終了のゴングが鳴った。気がした。

「し、シドー!?」

四糸乃と七罪の座っていた場所は、ちょうどカーテンの向こう側だったため、ベッド側からは死角になっていた。十香たちからすれば、いきなり士道が吹き飛んできたように見えたのだろう。目を見開き、驚《おどろ》いたような声を発してくる。

士道は大丈夫《だいじょうぶ》、というように弱々しく手を振ると、あごをさすりながらゆっくりと身を起こした。

「だ、大丈夫、四糸乃……！　ヘンなことされてない!?」

「あ、あの……は、はい。それより士道さんが……」

「ほっとけばいいのよあんな奴《やつ》！　ま、まさか寝てる私の隣で四糸乃にあんな破廉恥《はれんち》な真《ま》似《ね》をするだなんて……！」

「ご、誤解だっての……俺はただ――」

士道は弁明をするように、手に握《にぎ》っていた四糸乃の携帯電話を七罪に示そうとした。

が――そこで、眉をひそめて言葉を止める。

理由は単純。四糸乃の携帯電話の着信画面。そこに、見覚えのある名前が表示されていたからだ。

「……ッ！」

それを確認した瞬間《しゅんかん》、士道は即座《そくざ》に通話ボタンを押し、電話を耳に押し当てていた。病院内で通話をすることが禁止されていることは重々承知しているのだが——それを意識する前に、身体が動いてしまったのだ。

すると、電話口から、聞き慣れた声が聞こえてきた。

『……もしもし、四糸乃？』

「——琴里！　琴里か!?」

士道は興奮した調子でその声に返した。

そう。電話口の向こうから聞こえてきたのは、間違いなく士道の妹・琴里の声だったのである。

「む……!?」

「ほう、無事であったか」

士道の発した名に反応したのか、十香たちが声を上げてくる。士道はそれに返すようにうなずくと、再び電話に集中した。

『士道？　ああ……よかった、無事だったのね。他《ほか》のみんなは？』

「ああ、みんな無事——とは言えないかもしれないが、とりあえず生きてるよ」

『そう。それは何よりよ』

「っていうか、それはこっちの台詞《せりふ》だよ。おまえ、今どこにいるんだ？　〈フラクシナス〉は大丈夫なのか？　ずっと通信が繋《つな》がらないから心配してたんだぞ」

士道が言うと、琴里はしばしの間押し黙《だま》った。どこか悔《くや》しげな息づかいだけが聞こえてくる。

「琴里……？」

『——今は、〈ラタトスク〉が所有してる地下施設にいるわ。クルーはどうにか全員無事よ。でも……負けたわ。完全にね』

「え……!?」

突然《とつぜん》告げられた言葉に、士道は思わず目を丸くした。

「ど、どういうことだ？」

『……そのままの意味よ。DEMにしてやられたわ。船体損傷率三〇パーセントオーバー。〈世界樹の葉《ユグド・フォリウム》〉を全弾《ぜんだん》使い潰《つぶ》して逃《に》げるのが限界だったわ。〈フラクシナス〉も修理中。随意領域《テリトリー》で辛《かろ》うじて船体を保ってはいるけれど……しばらくは今までみたいな運用は不可能だと思ってちょうだい』

「な……ッ」

士道は声を詰《つ》まらせた。

言葉の意味が理解できなかったわけではない。だが、あの〈フラクシナス〉と『敗北』という言葉が、頭の中で上手《うま》く結びついてくれなかった。

だが、冷静に考えればそれはあり得ない話ではないはずだった。〈フラクシナス〉は空中艦《かん》。ならばそういうこともあるのだろう。士道が勝手に、〈フラクシナス〉を絶対に安全が確保された場所と思い込んでいたに過ぎないのだ。

「〈フラクシナス〉が……!? でも、〈ラタトスク〉の顕現装置《リアライザ》の性能は、DEMより上なんじゃ……」

『基本的にはね。……ただ、〈アシュクロフト-β《ベータ》〉とかいうDEMの新型が開発されてから、随分《ずいぶん》と差は詰められてるわ。それに――DEMにはあの女がいる』

「……っ」

あの女。その言葉を聞いた瞬間。士道の頭にはとある少女の顔が思い浮《う》かんだ。絹糸のような淡《あわ》い金髪《きんぱつ》に、自信に満ちた碧《あお》い双眸《そうぼう》。――最強の魔術師《ウィザード》エレン・メイザースの顔が。

その無言で、士道が事情を察したことがわかったのだろう。琴里が息を吐《は》いてからあとを続けてきた。

『……まあ、過ぎたことをいつまでも言っても仕方がないわ。——それより、教えてちょうだい。士道は一体どこへ行っていたの？　みんな生きてるってことは、鳶一《とびいち》折紙は倒したの？』

「いや、それは……」

士道は一瞬口ごもってから小さく息を吐き、数時間前起こった出来事を簡潔に説明した。折紙によって監禁《かんきん》状態にあったこと。四糸乃と七罪に助けられたこと。そして、精霊《せいれい》たちの戦場に駆《か》けつけたときに見た——精霊化した折紙のことを。

『鳶一折紙が精霊に……!?』

琴里が、驚愕《きょうがく》に満ちた声を響《ひび》かせてくる。

『どういうこと？　〈ファントム〉が現れたっていうの……？』

「わからない。でも——そうとしか考えられない」

『……ッ、なんてこと。なんでこんなときに……！』

琴里が苦々しげに言う。しかしそれも無理のないことではあった。琴里にとって〈ファントム〉は因縁《いんねん》浅からぬ相手である。

『それで、鳶一折紙は？』

「どこかへ飛んでいっちまった……どこに行ったかは、わからない」

『……そう。わかったわ。それはこっちで追ってみましょう。士道も、心の準備だけはしておいて』

「心の準備？」

『そりゃあそうでしょう。相手が誰であろうと、精霊は精霊。次はあの鳶一折紙を攻略《こうりゃく》しなきゃならないのよ？』

「あ……」

　言われてみればその通りである。士道の役目は、精霊の好感度を上げ、キスをしてその霊力を封印《ふういん》することである。無論、それが折紙であろうと例外ではない。

……だが、なんだろうか、折紙相手と考えると、いつものような『攻略』ではなく、士道が折紙に『捕食《ほしょく》』されるようなイメージが湧《わ》いてくるのだった。封印に必要不可欠なこととはいえ、キスをしてしまったらなんだか大変なことになりそうな気がした。

　そんな士道の様子を察してか、琴里がはあとため息を吐《つ》いた。

『──まあ、まだいろいろ聞きたいことはあるけれど、とりあえず、あとの話は合流してからにしましょう。あまり病院で長話させるのも悪いしね』

「え？　なんでそれを……」

『あなたが今話しているのは誰《だれ》の携帯電話かしら？』

「あ——そうか」

琴里の言葉に、士道は首肯《しゅこう》した。そういえば精霊に支給されている携帯電話には、万一のときに備えて発信器が仕込まれていると聞いた気がする。

『さっき機関員を迎《むか》えに出したから、すぐに到着《とうちゃく》するはずよ。あとは指示に従ってちょうだい。病院には話を通しておくから、出発準備を整えておいて』

「ああ、わかった……と、でも、みんな怪我《けが》をしてるんだが……」

『心配しないで。〈フラクシナス〉のそれには及《およ》ばないけれど、一応ここにも医療用顕現《メディカルリアラ》装置《イザ》が備えてあるわ。病院で寝てるよりも治りが早いでしょうよ』

「なるほど。了解《りょうかい》した」

幸い、皆《みんな》自力で動けないほどの怪我ではない。士道は皆を見回すように視線を巡《めぐ》らせたのち、小さく吐息《といき》した。

『もうそっちに機関員が着くはずよ。詳《くわ》しい話はそのあとで』

と、琴里の言葉とほぼ同時に、外から車のエンジン音が聞こえてきた。

その場から立ち上がり、窓の外を見ると、救急車ではない車が数台、病院の側《そば》に停《と》まっているのが見える。恐《おそ》らく、あれが琴里の言っていた機関員だろう。

そこで、士道は随分と辺りが暗くなっていることに気づいた。空はとうに真っ暗で、まん丸の月がよく映《ほ》えていた。

「ああ、わかった。じゃあ、またあとで――」

と。

士道が挨拶《あいさつ》を済ませ、通話を切ろうとした、

――その、瞬間。


「――ご苦労、エレン」

任務を見事成功させ、諸々《もろもろ》の作業を終えたエレンがホテルの部屋に入ると、すぐにそんな声がかけられた。

見やると、アイザック・ウェストコットが、エレンの帰りを待っていたかのように、部屋のソファに腰《こし》掛けていることがわかる。

「アイク」

「実に見事な手際《てぎわ》だったよ。さすがという他ない」

「いえ、一撃《いちげき》も貰《もら》ってしまうとは誤算でした。相手方にもかなり優秀《ゆうしゅう》なクルーがいたようです」

エレンの言葉に、ウェストコットは小さく笑いながら肩《かた》をすくめた。

「それで、乗組員は無事かね？」

「不明です。避難《ひなん》は促《うなが》しましたが、拒否《きょひ》されました」

「そうか、それは残念だ。できるだけ多くの乗組員が生き残っていることを願うばかりだね」

皮肉を言っているふうもなく、ウェストコットが呟《つぶや》く。実際、彼は本気だろう。今回のエレンのターゲットは〈ラタトスク〉の空中艦であって、その乗組員ではない。DEMの作戦行動を阻害《そがい》する戦力が邪魔《じゃま》だっただけで、精霊を保護し、五河士道のもとに置こうとする勢力にはある程度残っておいてもらった方が都合が良いのだ。

とはいえ、〈ラタトスク〉の機関員が全員あの艦《ふね》の中に詰め込まれていたわけでもない。仮に乗組員が全滅《ぜんめつ》してしまっていたとしても、あの男——ウッドマンならば上手くその穴を埋《う》めるだろう。

ウェストコットもそれを理解しているのだろう。言葉に反して、その顔に悲観的な色は見受けられなかった。

「——それよりも、アイク」

「ああ、わかっているさ」

エレンが言うと、ウェストコットは承知していると言うように首を前に倒《たお》し、テーブルの上に置かれていた端末《たんまつ》をエレンに向けてきた。

画面には、とある画像が表示されていた。

――純白の霊装を纏《まと》った、鳶一折紙の姿が。

そう。エレンも、艦に搭載《とうさい》されていた観測装置で地上に新たな霊波反応が出現したことは感知していたが――本部からの報告にはさすがに耳を疑った。

何しろ、精霊と戦闘《せんとう》中であった鳶一折紙が、精霊になってしまったというのだから。

「はは、これはさすがに予想外だったな。まさか彼女が精霊になってしまうとは」

言って、心底楽しそうにウェストコットが口元を笑《え》みの形にする。

「いや、ここは優秀な魔術師《ウィザード》を失ってしまったことを嘆《なげ》くべきかな。――ああ、なんということだろう。彼女はきっと我らの力になってくれたろうに」

「口が笑っていますよ、アイク」

「おっと、これは失敬」

言うも、ウェストコットは口元を隠《かく》そうともしなかった。エレンは小さく息を吐いてから言葉を続けた。

「それで、今彼女はどこに？」

らしい」

「ああ、少し前まで天宮市内を飛び回っていたようなのだが、急に反応が消えてしまった
「反応が？　霊波の隠蔽《いんぺい》能力を持っているということでしょうか」

「やはり、そう思うかい？」

「精霊化すれば我々に狙《ねら》われるのは自明です。姿を隠すのは当然でしょう」

「どうだろうね。そう考えるのが妥当《だとう》だが——我々の想像が通用しないのが精霊の精霊たる所以《ゆえん》でもある」

言いながら、ウェストコットがソファを立ち、ゆっくりとした足取りで窓の方に歩いていった。

窓の外には、雲一つない夜空が広がり、その直中《ただなか》に月が一つ、ぽつんと鎮座《ちんざ》している。

「案外、すぐそこで我々のことを見ているかもしれないよ」

と。

ウェストコットが冗談《じょうだん》めかした調子で言い、笑みを浮かべた、

——その、瞬間《しゅんかん》。

「……さて、折紙さんは目的を達することができたでしょうか」

月夜の下。ビルの屋上の縁《へり》に腰掛けた狂三は、独り言のように呟いた。

「うふふ、どうでしょう」

すると、それに返すように、影《かげ》の中から狂三と同じ声が響いてくる。

「恐らく、無理でしょう。世界は強固ですわ。一人の少女の願いなど、容易《たやす》く磨《す》り潰《つぶ》されてしまうでしょう」

「あら、わかりませんわ。折紙さんを見まして？　あれほどの力があれば、可能性はありますわよ」

「『わたくし』は、どう思っておられますの？」

次々と、おしゃべりな分身体たちが言葉を発してくる。狂三はふうと息を吐くと、小さく肩をすくめた。

「何とも言えませんわね。——まあ、個人的な希望を言うのであれば、折紙さんには是非《ぜひ》その願いを叶《かな》えていただきたいところですけれど」

狂三が言うと、影の中の分身体たちがくすくすと笑った。

「うふふ、『わたくし』らしくないお言葉ですわね。月の光にでも当てられまして？」

なんて、失礼なことを言ってくる。

だが、狂三はその言葉に怒《おこ》るでもなく、ふっと唇《くちびる》の端《はし》を上げ、空に浮《う》かんだ見事な月を見上げた。

月の光は人を狂《くる》わせるという。ならば今宵《こよい》の、ある種狂気的《ルナティック》な狂三の気まぐれも、そんな月の毒に当てられたものなのかもしれなかった。

「まあ——いいではありませんの。たまには、そんな気分になることもありますわ」

と。

狂三がそう言って手に体重を預け、身体を軽く反らそうとした、

——その、瞬間。

空に浮かんでいた月が——割れた。

◇

「え……？」

病院の窓から空を見ていた士道は、突然《とつぜん》の事態に目を丸くした。

空に浮かんだ満月に、一直線にヒビが入ったのである。

無論、本当に月が割れるだなんてことはあり得ない。すぐに、皓々《こうこう》と輝《かがや》く月の前に何かの影が現れただけだと気づく。

だが——それが何かがわからない。雲でも、鳥の類《たぐい》でも、飛行機でもない。まるで空間そのものに亀裂《きれつ》が走ったかのように、月を綺麗《きれい》に両断していたのだ。

『何よ、どうしたの？』

電話口から、琴里の怪訝《けげん》そうな声が聞こえてくる。だが、士道はそれに返すことができないでいた。

次第《しだい》に、その亀裂が月を侵食《しんしょく》していき、まるで月食のように光を覆《おお》い隠していく。

否《いな》——そこで士道は気づいた。

「……っ、なんだよ、これ——」

月だけではない。

既《すで》に夜空は、その闇《やみ》の亀裂によって覆い尽《つ》くされていたのだ。

目をこらして、ようやくわかる。暗い空の下に、さらに昏《くら》い闇が、蜘蛛《くも》の巣《す》のように張り巡らされていた。

一体どれだけの範囲《はんい》を覆っているのかは、一目では見取れなかった。見渡《みわた》す限りの空、全《すべ》てが闇に侵《おか》されているのである。街一つか、あるいは市全体か、あるいは関東地方全域

か、あるいは──

そんな想像をさせるくらいに、広く、広く。

空に、夜とは違《ちが》う色が広がっていた。

──瞬間。

空に張り巡《めぐ》らされた闇が、生物のように蠢動《しゅんどう》したかと思うと同時、士道たちがいた病院が、激しい揺《ゆ》れに襲《おそ》われた。

「な……ッ!?」

「ぐ──っ!」

「じ、地震《じしん》……!?」

「きゃっ!」

皆《みな》が慌《あわ》てた様子で、カーテンにしがみついたり、ベッドの下に隠れたりしようとする。

だが……士道は本能的に感じ取っていた。この揺れは、地震の類ではないと。

するとすぐに、士道の直感を証明するように、およそ自然現象とは思えない事象が士道たちの病室を襲った。──空から、闇が凝縮《ぎょうしゅく》された黒い光線としか形容しようのない何かが降り注ぎ、天井《てんじょう》と床《ゆか》を貫《つらぬ》いて下の階に抜《ぬ》けていったのである。

すると数瞬あと、それが地面に着弾《ちゃくだん》したのだろう。先ほどよりも凄《すさ》まじい震動が士道たちの病室を揺らした。

「わ……ッ！　な、なんだ!?」

一瞬、上空にDEMの魔術師《ウィザード》でも現れて、士道たちを狙撃《そげき》してきたのかと思ったが——

違う。

窓の外に目をやると、空から街の全域に、今し方士道たちを襲ったような闇の奔流《ほんりゅう》が降り注いでいるのが見えた。

「な——」

その光景に、思わず言葉を失う。

空から地上に、絶え間なく幾《いく》本もの黒い線が引かれていく。それは地上に建ち並んだ建造物を容易く貫くと、一瞬のうちに倒壊《とうかい》させていった。木々が薙《な》がれ、車両が爆発《ばくはつ》し、道が破砕《はさい》される。静かな街は一瞬にして崩壊《ほうかい》し、阿鼻叫喚《あびきょうかん》の地獄絵図《じごくえず》と化した。

「な、何が起こっているのだ、シドー！」

十香が慌てた様子でベッドから飛び上がる。

そこで、街の全域に響《ひび》き渡るように、けたたましい警報が鳴り始めた。

それと同時、通話中になっていた携帯《けいたい》の電話口から、アラームが聞こえ始める。〈フラクシナス〉のそれとは微妙《びみょう》に音の響き方が違うが——間違いない。それは、精霊《せいれい》の出現を示すものだった。

「……ッ！　琴里、これは――」

『精霊よ！　でも何なの、この出現状況《じょうきょう》は……！　なんの前兆もなくこんなに強力な精霊が現れるだ……な、ん、て……』

「……？」

途中《とちゅう》から勢いをなくした琴里の言葉に、士道は眉《まゆ》をひそめた。

「琴里？　おい、どうしたんだよ」

『この反応は――ただの精霊じゃないわ。これは……反転体……ッ!?』

「な……!?」

その言葉に、士道は目を見開いた。

反転体。士道はそう呼ばれる精霊を一度だけ目にしたことがあった。

詳《くわ》しいことはわからない。だが、精霊の心が深い絶望で満たされたときのみ出現するという、普通《ふつう》のそれとは異なる力を持った精霊ということだけは聞いていた。

そして――士道たちの仇敵《きゅうてき》たるＤＥＭインダストリーの長、アイザック・ウェストコットが作り出そうとしている、負の精霊であるということも。

「なんで……そんなものがいきなり！　ＤＥＭの仕業《しわざ》なのか……!?」

『わからないわ！　とにかく、そこは危険よ！　早く――』

が、琴里が避難《ひなん》を促《うなが》そうとした瞬間。天から幾条もの光線が炸裂《さくれつ》し、士道たちのいた病院をいとも容易く爆裂させた。床が崩壊し、身体が軽々と空中に投げ出される。握《にぎ》っていた携帯電話が手からこぼれ落ち、どこかへ飛んで行ってしまった。

「うッ、うわぁぁぁぁっ⁉」

数多《あまた》の瓦礫《がれき》とともに、身体が地面に向かって落下していく。

が、そこで何者かに腹部が受け止められたかと思うと、そのまま上方に身体が引っ張られ、士道は瓦礫の雨を抜け出した。

「けほ……っ、けほ……っ」

「大丈夫《だいじょうぶ》か、シドー！」

咳《せ》き込みながら見やると、そこには十香の姿があった。どうやら、咄嗟《とっき》に士道を抱《かか》えて崩《くず》れ落ちる病院から抜け出してくれたらしい。

その身体には、完全な形を保った霊装が顕現《けんげん》している。――そう。結局、二人になるタイミングが掴《つか》めず、未《いま》だ霊力の再封印《ふういん》ができていなかったのである。

と、それに次ぐように、限定霊装を顕現させた精霊たちが十香の後方に降り立つ。どうやら、皆無事だったらしい。

とりあえずは安堵《あんど》の息を吐《は》く。だが、病院にいたのは士道たちだけではなかった。他《ほか》の入院患者《かんじゃ》や医師、看護師などが多数、瓦礫の下敷《したじ》きになってしまっているはずである。

「く……みんな！　手を貸してくれ！　瓦礫を――」

だが、士道が言いかけたところで、またも天から闇の雨とも言うべき光線が迸《ほとばし》り、辺りの景色を変えていった。瓦礫がさらに砕《くだ》かれ、舗装《ほそう》された道路が掘《ほ》り起こされたように崩れていく。

「ぐ……！」

こんな状況では、救助活動などできようはずもない。否、それ以前に、病院だけではなく街全域に被害《ひがい》が広がっていた。まずは――空から雨のように降り注ぐ光線をどうにかせねばならない。

反転しているとはいえ、相手は精霊。ならば十香のときのように、正常な状態に戻《もど》すこともできるはずである。士道は空を見上げ、視線を巡らせて精霊の姿を捜《さが》した。

と――

「え……？」

虚空《こくう》に、小さな人影《ひとかげ》を見つけて、士道は呆然《ぼうぜん》と声を発した。

漆黒《しっこく》に彩《いろど》られた空の中。闇を具現化したかのような霊装に身を包んだ少女が一人、浮遊《ふゆう》していたのだ。

膝《ひざ》を抱え、外界を拒絶《きょぜつ》するように顔を伏《ふ》せながら、重力を無視してゆっくりと空を漂《ただよ》っている。そしてそれを護《まも》るように、周囲に無数の『羽』が、幾重《いくえ》にも円を描《えが》くように浮遊していた。

見渡す限りに広がる地獄のような光景から、そこだけが隔絶《かくぜつ》されているかのような落ち着きと静けさに満ちている。

その姿はまるで――羊水の中を漂う胎児《たいじ》を思わせた。

だが、士道が目を奪《うば》われたのは、その精霊の異様な姿のみではなかった。

蹲《うずくま》っているため、顔を、表情を窺《うかが》い知ることはできない。

しかし、士道には一目でわかった。

その、幾度となく言葉を交《か》わしてきた少女の、名が。

「折、紙……？」

そう。闇の中を漂うその精霊は、士道のクラスメート、鳶一折紙だったのだ。

「何……？」

十香が怪訝そうな声を発する。するとそれに次ぐように、耶倶矢たちが怯《おび》えるように息を詰《つ》まらせた。

「な……、なんだ、『あれ』は……ッ!?」

「疑念。マスター折紙……なのですか？」

言って、戦慄《せんりつ》した様子で眉をひそめる。四糸乃や美九《みく》、七罪の反応も似たようなものだった。皆一様に空を見上げ、言葉を失っている。

だが、それも無理からぬことだった。

ただ空にたゆたっているだけであるというのに、折紙から発される異様な圧迫感《あっぱく》は、士道にもはっきりとわかった。

それはまさに絶望の具現。世界に遍《あまね》く破滅《はめつ》を撒《ま》く、『魔王《まおう》』の姿である。

「な、なんで……こんな——」

士道は意味がわからず渋面《じゅうめん》を作った。

折紙が精霊化したことは知っていた。ほんの数瞬とはいえ士道もその姿を目撃したし、十香たちも、霊装を纏《まと》った折紙と戦ったと言っている。

だが、それはあくまで琴里や美九のそれと同じ精霊化であったはずなのだ。

士道が折紙の姿を認めてから、まだ一晩と経《た》っていない。

——そんな僅《わず》かな間に、折紙が存在を反転させてしまうほどの深い絶望を味わったというのだろうか。にわかには信じ難《がた》い想像に、士道はごくりと唾液《だえき》を飲み下した。

「一体……何があったっていうんだよ、折紙……ッ！」

士道は大声を張り上げた。だが無論、そんな声が折紙に届くはずもない。空から放たれる闇《やみ》の矢の勢いは衰《おとろ》えることなく、見慣れた街並みを次々と蹂躙《じゅうりん》していった。

魔界とかと呼ばれるものがもし実在するのなら、それはこんな様相に違いない。漠然《ばくぜん》とそんな感想を抱《いだ》いてしまいそうになる、異様な光景。

空に根を張った折紙が、地上に漆黒の木々を芽吹《めぶ》かせているかのような、狂《くる》った逆しまの世界。

ほんの数分前まで士道の見知った空間であったはずの街は、今や絶望の跋扈《ばっこ》する魔窟《まくつ》と化してしまっていた。

「折紙……！」

士道はくずおれそうになる身体《からだ》をどうにか奮い立たせ、再度叫《さけ》びを上げた。

あの気丈《きじょう》で強い精神力を持つ折紙が、あのような姿になってしまっているのは未だに信じられない。一体何があったのか、想像さえつかない。その様を見るだけで、士道は自分の心が折られるかのような錯覚《さっかく》さえ覚えた。

しかし、今士道が膝を突《つ》いてしまうわけにはいかなかった。

確かに絶望的な状況ではある。だが、反転体の精霊が折紙であるというのならば――まだ打てる手が残っていたのである。

十香たちもそれを察したのだろう、小さくうなずきながら、士道の方に視線を寄越《よこ》してきた。

「——鳶一折紙に何があったのかはわからん。だが、あやつを正気に戻せる人間がいるとしたら、それはおまえだけだ、シドー」

「……ああ、そうだな」

首肯《しゅこう》すると、十香と士道の言葉に当てられたように、八舞姉妹《やまいしまい》が顔を見合わせた。足の震《ふる》えを抑《おさ》えるように全身に力を入れてから、士道の両脇《りょうわき》に立ってくる。

「か……かか、わかっておるのならばよい。もしいじけた言葉の一つでも吐こうものなら、無理矢理にでも空に飛ばしてやったところだ」

「請負《うけおい》。……マスター折紙のところまでは夕弦と耶倶矢がお供します。——士道、マスター折紙の目を、覚まさせてあげてください」

その言葉に応ずるように、十香が〈鏖殺公《サンダルフォン》〉を顕現させ、両手で構えてみせる。次いで耶倶矢と夕弦が手をかざすと、辺りに風が渦巻《うずま》き、士道の身体がふわりと浮《う》き上がった。

「耶倶矢、夕弦……すまん、付き合わせちまって」

「ふ、ふん、気にするでない」

「首肯。その代わり、マスター折紙を頼《たの》みます」

「……ああ！」

と、そこに、勇猛《ゆうもう》な曲調が響《ひび》き始める。それと同時、十香や八舞姉妹の霊装が放つ輝《かがや》きが、一層強くなった気がした。

「美九！」

「うふふー。忘れてもらっちゃ困りますねー」

言って、美九が微笑《ほほえ》んでみせる。いつの間にか彼女の周囲には光の鍵盤《けんばん》が帯のように広がっていた。

すると、次いで四糸乃と七罪もまた、声を上げてくる。

「ち、地上の方は……私たちに任せてください……っ。〈氷結傀儡《ザドキエル》〉の結界で、少しはこの光線を防げると思います……！」

「……ふん、仕方ないから私も手伝ってあげるわ。瓦礫なんて、私がふわっふわの綿にでも変えてあげるんだから」

「四糸乃……七罪……」

士道はすうっと空気を吸うと、ゆっくりと吐きだした。

士道は、一人ではない。それが、何よりも心強かった。

「ありがとう……みんな」

士道が言うと、皆《みんな》がニッと笑ってから上方――折紙の方を向いた。

「さあ――では行くぞ！　私が道を切り開く！　ついてくるのだ！」

十香が叫び、地を蹴《け》って空へと飛び上がる。

「応とも！」

「了解《りょうかい》。とうっ」

するとそのあとに続くように、耶倶矢と夕弦が風を纏《まと》い、空へと舞《ま》った。同時、二人の発する風の中に抱かれていた士道の身体も、同じようにふわりと浮遊する。

「うお……っ！」

慣れない感覚に転倒《てんとう》しそうになるも、どうにかバランスを取る。その様を見て、八舞姉妹が呵《か》々《か》と笑った。

「存外上手《うま》く飛ぶではないか、士道」

「賞賛。お上手さんです」

「……そいつはどうも」

子供をあやすような口調に、汗《あせ》を滲《にじ》ませながら返す。

しかし、いつまでもそんなやりとりはしていられなかった。空に舞い、折紙に向かって飛行する士道たちは敵性と判断されたのだろう。蹲る折紙の周囲に規則的に浮遊していた幾つもの無機的な黒い『羽』が、急に刺激《しげき》を受けたかのようにその軌道《きどう》を変え、先端《せんたん》をこちらに向けてきたのである。

そしてその先端から、一斉《いっせい》に漆黒の光線を放ってくる。

「く……！」

辺りに降り注いでいる『雨』よりも、遥《はる》かに高密度の力が込《こ》められた闇の塊《かたまり》が、士道たちを襲《おそ》う。士道はもちろんのこと、限定的に霊装《れいそう》を顕現《けんげん》させている八舞姉妹ですら、直撃《ちょくげき》を喰《く》らえばただでは済まなかったろう。

――だが、今は。

「はぁぁぁぁぁぁぁぁぁぁぁぁぁぁぁぁぁ――ッ!!」

士道たちの前方を飛んでいた十香が裂帛《れっぱく》の気合いとともに剣《けん》を一閃《いっせん》させる。するとその太刀筋《たちすじ》をなぞるように霊力の斬撃《ざんげき》が迸り、迫《せま》っていた砲撃《ほうげき》を相殺《そうさい》した。

「十香！」

「私が攻撃《こうげき》を引きつけている間に、早く行け！……長くは保《も》たない！」

十香は苦しげな表情を作りながら再度剣を構えた。――よく見ると、霊装の各所が砕け、十香の肌《はだ》に痛ましい傷が刻まれていることがわかる。

如何《いか》に完全な霊装を顕現させた十香とはいえ、その圧倒《あっとう》的な手数の差を埋《う》めることはできないようだった。しかも、十香はまだ先の折紙との戦闘《せんとう》で負った傷が癒《い》えていない状態なのである。決して予断を許す状況《じょうきょう》ではなかった。

「……っ」

士道は思わず顔をしかめた。しかし、すぐに首を振《ふ》り、声を上げる。

「耶倶矢！　夕弦！　頼む！」

完全な力を取り戻《もど》したはずの十香の痛ましい姿に、まったく不安を覚えないはずはない。

十香だけにこの場を任せて先に進むことを心苦しく思わないはずもない。

だが、それでも士道は進まねばならなかった。そして、一刻も早く折紙を折紙に戻す。

それだけが、士道に力を貸してくれた皆に報《むく》いる唯一《ゆいいつ》の手段なのである。

「任せろ！」

「了承《りょうしょう》。行きます」

八舞姉妹も、士道のその決意を察してくれたのだろう、微塵《みじん》も迷わず首肯し、空中で身体を捻《ひね》らせ、十香の陰《かげ》から飛び出し、凄《すさ》まじいスピードで折紙に向かって猛進《もうしん》した。

だが、そのとき。

「――困りますね、せっかくの反転体に粗相《そそう》をされては」

不意にそんな声が響いたかと思うと、下方から斬撃が襲ってきた。士道を包んでいた風の結界が解かれ、士道の身体が空中に投げ出される。

「ぐ……ッ!?」

「士道!」

「救出。〈颶風騎士《ラファエル》〉――【縛める者《エル・ナハシュ》】!」

しかし、浮遊《ふゆう》感は一瞬《いっしゅん》だった。すぐさま上方から、夕弦の放ったペンデュラムが現れ、士道の身体に再び風を纏《まと》わせたのである。

とはいえ、危機的状況に変わりはない。士道は表情を歪《ゆが》めながら、突然《とつぜん》現れた声の主を睨《にら》み付けた。

「エレン……メイザース……!」

そう。そこに現れたのは、白金のCR-ユニットを纏ったDEMの魔術師《ウィザード》――エレン・メイザースであったのだ。

「お久しぶりですね、五河士道」

「……もう二度と会いたくなかったんだがな」

士道が忌々《いまいま》しげに言うも、エレンは微塵も気に留めていない様子で後方――空に蹲《うずくま》った折紙の方を一瞥《いちべつ》した。

「──あのときの〈プリンセス〉に勝《まさ》るとも劣《おと》らない、見事な反転体です。アイクもさぞ喜ぶでしょう」

「……ッ、ふざけるな！　折紙はおまえらなんかに渡《わた》さねえッ！」

「吠《ほ》え声を轟《とどろ》かせるだけでは何も成すことはできませんよ。大人しく──」

「──うぉりゃぁぁぁぁッ！」

瞬間、エレンの言葉を遮《さえぎ》るように、大きな叫び声が響き渡った。──耶倶矢だ。巨大《きょだい》な突撃槍《やり》型の天使を顕現させた耶倶矢が、凄まじい速度でエレンに突貫《とっかん》を仕《し》掛《か》けたのである。

無論、限定的にしか力を振るえない今の耶倶矢では、エレンには敵《かな》うまい。実際、耶倶矢の突撃はエレンの握《にぎ》ったレイザーブレイドによって易々《やすやす》と防がれていた。

「ち──」

しかし、不意を突いた天使の一撃は、ほんの一瞬だけ、最強の魔術師《ウィザード》に隙《すき》を作らせることに成功した。

「──夕弦！」

「呼応。とうっ」

まるで耶倶矢の不意打ちを知っていたかのようなタイミングで、夕弦がその場でぐるんと身体《からだ》を回転させる。

すると、夕弦のペンデュラムによって支えられていた士道の身体が、指でビー玉を弾《はじ》くような調子で、折紙の方に弾き飛ばされた。

「ぐ……ッ!?」

突然全身に重力がかかり、一瞬意識が飛びそうになるが——どうにか口内の肉を噛《か》んで耐《た》える。耶倶矢と夕弦がその身を挺《てい》して稼《かせ》いでくれた時間を、好機を、そんな理由で逃《のが》すわけにはいかないのだ。

士道は風の勢いのままに進み——折紙に肉薄《にくはく》した。

瞬間、士道を不思議な浮遊感が包み込む。八舞の風を纏っていたときとは種類の異なる重力を無視したかのような奇妙《きみょう》な感覚である。

一瞬、別世界に迷い込んだようなその感覚に眉《まゆ》をひそめかけるも、すぐに今やるべきことを思い出す。

「折紙!」

士道は目の前で膝《ひざ》を抱き、蹲《うずくま》った折紙の肩《かた》を掴《つか》むと、大声で折紙の名を呼んだ。

しかし、反応はない。

「折紙、俺だ!　士道だ!　聞こえるか!?」

肩を揺《ゆ》するも、結果は同じだった。何も聞こえていないかのように、ぐったりとしたまま身動きを取ろうともしない。

明らかに、異常な状態である。一体どんなことがあれば、あの折紙がここまで変わってしまうのだろうか。士道は奥歯を噛みしめ渋面《じゅうめん》を作った。

だが、そう悠長《ゆうちょう》にしている暇《ひま》はない。士道をここに至らせるため、皆が頑張《がんば》ってくれているのである。士道はどうにかこの状況を打開すべく、必死で考えを巡《めぐ》らせた。

「……ッ、そうだ――」

そして、思い出す。――かつて、反転体の精霊と対したときのことを。

今から数ヶ月前、十香が、折紙のように反転をしてしまったことがあったのである。

あのとき十香は、皆のことはおろか自分の名前さえも忘れ、文字通り別人のようになってしまっていた。

そのとき、士道が十香を元の状態に戻すために取った方法は――奇《く》しくも、精霊を封印《ふういん》するのと同じ手段だったのである。

即《すなわ》ち――接吻《キス》。

霊力を封印できるかどうかは定かではない。だが、十香のときのように折紙の意識を引き出すことくらいは可能かもしれなかった。

「……、よし……！」

事態は一刻を争う。士道は意を決すると、折紙の頭に手を触《ふ》れ、俯《うつむ》いていた顔を上げさせた。

が――その瞬間。

「…………ッ」

士道は、心臓を鷲摑《わしづか》みにされるかのような衝撃《しょうげき》を覚え、身体を硬直《こうちょく》させてしまった。

理由は単純。折紙の――顔である。

顔の造作が士道の記《き》憶《おく》にある折紙と異なっていたわけではない。そこにあったのは、人形のように美しい少女の面《おもて》だった。

だが。その、表情は。

「折……紙……？」

呆然《ぼうぜん》と、声を発する。

光のない瞳《ひとみ》。涙《なみだ》で荒《あ》れた頰《ほお》。乾《かわ》いた唇《くちびる》。

この世のあらゆる絶望を見たかのような、生気のない顔。何も知らぬ者が見れば、何の冗談《じょうだん》でもなく死体と見《み》間《ま》違《ちが》えただろう。

瞬間、士道は直感的に察してしまった。

――もう、折紙は、取り返しのつかない状態なのだと。

「お、い……折、紙……」

力なく、声が漏《も》れる。

するとその瞬間、奇妙な浮遊感に包まれていた士道の身体が、急に重力の存在を思い出したかのように、地上に向かって墜《お》ちていった。——まるで、士道の心が折れたのを察したように。

「うッ、わぁぁぁぁぁぁぁぁぁぁぁぁぁぁぁッ!?」

士道の身体は一直線に墜落《ついらく》すると、そのまま地面に叩《たた》き付けられた。

「ぐあ……っ！」

凄まじい衝撃と激痛が全身を襲い、身動きが取れなくなる。意識が朦朧《もうろう》とし、しばらくの間呼吸ができなくなった。

しかしほどなくして、士道は身体に痛み以外の感覚が生まれるのを感じた。——悲鳴を上げたくなるような、凄まじい灼熱《しゃくねつ》感である。

だがそれは、士道の身体を焼き尽《つ》くそうとするものではなかった。炎《ほのお》の精霊たる琴里から授《さず》かった治癒《ちゆ》の炎だ。

士道は歯を食いしばって身体が焼かれるかのような感覚に耐えると、息を荒《あら》くしながら身を起こした。

全身に刻まれていたであろう裂傷《れっしょう》や、バラバラになっていたであろう骨、そして幾《いく》つか潰《つぶ》れてしまっていたであろう臓器が全《すべ》て治癒している。士道は呼吸を落ち着けてから、額に手を置いた。

「…………ッ」

今し方目にした折紙の顔が、脳裏《のうり》に焼き付いて離《はな》れない。深い深い闇《やみ》を湛《たた》えた、無機的な瞳。

失望でも悪意でもない。そこにはもう、何もなかった。

己《おのれ》の持つあらゆるものを捨て去ってしまったかのような、空虚《くうきょ》な顔。

士道はそんな折紙に、どんな言葉をかければよいのかわからなくなってしまったのである。

「くそ――ッ」

しかし。士道は脳裏を過《よ》ぎりかけた諦観《ていかん》を否定するように、ブンブンと首を振った。

士道が諦《あきら》めてしまったなら、その瞬間に折紙の全てはここで終わってしまう。士道の知る折紙は、もう二度と帰ってこなくなってしまう。

それだけは――絶対に許容するわけにはいかなかった。

冷静かと思えば直情的で、十香とすこぶる仲が悪くて、いちいち行動が過激で、いつも士道を困惑《こんわく》させる——あの不器用な少女を失うことだけは。

士道は心を落ち着けるように細く息を吐《は》くと、顔を上げた。

天の中心には未《いま》だ、胎児《たいじ》のような格好をした折紙が漂《ただよ》っている。そしてその周囲には、十香に八舞姉妹《しまい》、無数の『羽』にエレンが、凄《すさ》まじい乱戦を繰《く》り広げていた。

何をすればいいのか。明確な答えは出ていない。だが、どうにかしてもう一度折紙のもとに至らねばならないことだけは明白だった。

だが、士道が再度足を踏《ふ》み出そうとした瞬間、上空から幾本もの『羽』が、士道にその先端《せんたん》を向けてきた。

「な——！」

士道は息を詰《つ》まらせた。一瞬の間に、頭の中に様々な想像が駆《か》け巡る。一体どうやって攻撃《こうげき》を防ぐか。〈鏖殺公《サンダルフォン》〉を顕現《けんげん》させて『羽』を打ち落とす？　それとも〈氷結傀儡《ザドキエル》〉で盾《たて》を作る？　それとも琴里に授かった回復能力頼《だよ》りで、強引《ごういん》に耐える？　様々な考えが浮《う》かんでは消えていく。

しかし、そうこうしている間にも『羽』の先端には闇が灯り、正確に士道を狙《ねら》い澄《す》まして砲撃《ほうげき》を放とうとしてきた。

「く……！」

来《きた》る攻撃に備えて身を硬《かた》くする。

しかし――予想したような衝撃はなかった。

『羽』が光線を放とうとした一瞬前、右方から一直線に魔力光《まりよく》が迸《ほとばし》り、士道に先端を向けた『羽』を吹《ふ》き飛ばしたのである。

「これは……」

目をやると、そこには、ボロボロに損傷した船体を随意領域《テリトリー》でどうにか保った、巨大な空中艦《かん》の姿があった。

「〈フラクシナス〉⁉」

思わず、その名を呼ぶ。

そう。そこに浮遊《ふゆう》していたのは、DEMの艦《ふね》との戦いで半壊《はんかい》状態になったはずの〈フラクシナス〉だったのだ。

『――やっぱり、無茶してたわね』

〈フラクシナス〉の外部スピーカーから、琴里の呆《あき》れたような声が聞こえてくる。

「琴里！」

『一旦《いったんひ》退きなさい――と、言いたいところだけど、そう悠長なことを言っていられるような状況《じようきよう》じゃなさそうね。辛《かろ》うじて転送装置は生きてるから、こっちで拾って鳶一折紙のところに――』

が。

琴里が言葉を言い終わる前に、先ほど〈フラクシナス〉の攻撃によって吹き飛ばされた『羽』が複雑な軌道《きどう》で空を翔《か》け、〈フラクシナス〉の船体を囲うように展開した。

『く――!』

一瞬、琴里の苦悶《くもん》がスピーカーから漏れる。

だが――聞こえたのはそこまでだった。

空を舞《ま》った幾本もの『羽』が一斉《いっせい》に光線を放ち、〈フラクシナス〉の随意領域《テリトリー》を容易《たやす》く砕《くだ》くと、既《すで》にボロボロになっていた船体を四方から貫《つらぬ》いたのである。

「ッ! 琴里!!」

叫《さけ》ぶも、答えはない。

凄まじい威力《いりょく》の光線に一斉に貫かれた〈フラクシナス〉は、その船体の随所《ずいしょ》から炎と煙《けむり》を噴《ふ》き出し、地上に墜ちていった。

「琴里――琴里ィィィィィィッ!!」

士道は金切り声を上げると、半ば無意識のうちに、〈フラクシナス〉が墜ちていった方向に走りだした。

否《いな》——正しく言うのなら、走り出そうとした。

「え……？」

突然《とつぜん》身体《からだ》を襲《おそ》った奇妙《きみよう》な感覚に眉《まゆ》をひそめる。

士道がその場から動き出そうとした瞬間《しゆんかん》、急に身体が重くなり、身動きが取れなくなったのである。

「な、なんだ……こりゃ……ッ」

次第《しだい》に全身から力が抜《ぬ》け、姿勢を保っていることすら困難になっていく。士道は思わずその場に膝《ひざ》を突《つ》いてしまった。

「ぐ……っ、あ……っ」

顔を歪《ゆが》めながら、どうにか立ち上がろうと足に力を入れる。だが、士道の身体に絡《から》みついた凄まじい倦怠《けんたい》感は、士道の意志を挫《くじ》くようにさらに勢いを増していった。

そう——まるで何者かに力を吸い取られているかのような感覚である。

「まさか、これは……ッ」

その考えに至った士道は、苦しげに声を発し、地面に視線を落とした。

そして、その異常に気づく。

士道のいる場所は、壊《こわ》れかけ、明滅《めいめつ》した街灯によってチカチカと照らされていたのだが

——その地面には、影《かげ》が蟠《わだかま》ったままだったのである。

すると、士道がそれを察するのと同時、足下《あしもと》の影が生き物のようにうねり、その中から、一人の少女が這《は》い出てきた。

黒と赤のドレスを纏《まと》った、ぞっとするほどに美しい少女である。左右不均等に結《ゆ》われた髪《かみ》と、時計の文字盤《ばん》が刻まれた左目が特徴的《とくちょう》だった。

「狂三……！」

「うふふ……お久しぶりですわね、士道さん」

少女——狂三はくすくすと笑うと、スカートの裾《すそ》をつまみ上げ、大仰《おおぎょう》に膝を屈《かが》めてみせた。

「おまえ……何の、つもりだ……！　こんなとき、に——」

士道は表情を歪めながら言った。

そう。今士道の足下に広がっている影には覚えがあった。〈時喰《は》みの城〉。狂三が人間から『時間』を吸収するのに用いる結界だ。

しかし……以前士道が見たものとは効力が段違いである。精霊《せいれい》の力を複数封印《ふういん》している士道は、倦怠感を覚えはするものの、結界内でも活動することが可能だった。しかし——これは、それとは明らかに違う。まるで士道の命を根こそぎ奪《うば》っていくかのような、強烈《きょうれつ》な圧力。士道はまともに身動きを取ることすらできず、その場に張り付けられてしまっていた。

士道の言葉に、しかし狂三は優雅《ゆうが》な仕草で微笑《ほほえ》んだ。

「あら、異な事を仰《おっしゃ》いますのね。士道さんともあろうお方が、わたくしの目的をお忘れになりましたの？」

「……ッ」

士道は息を詰まらせた。

狂三の目的。それは——士道を喰らい、士道がその身に封印した精霊たちの霊力を手にすることである。無論、忘れているはずなどはなかった。

狂三が、笑《え》みを濃《こ》くする。

「こんなときに……と仰いましたわね。うふふ、むしろ逆ではございませんこと？　精霊さんたちは皆《みな》お忙《いそが》しいご様子。こんな好機を逃《のが》す手はありませんわよね？」

言って狂三は、地面に膝を突いた士道のもとに歩み寄ると、妖《あや》しい手つきで士道のあごをクイと持ち上げてきた。

「ぐ……！」

確かに、狂三の言う通りかもしれなかった。別に狂三は士道たちの仲間でもなければ、

ＤＥＭに所属しているわけでもない。こちらの事情など、狂三には関係ないだろう。むしろ混乱に乗じて目的を達しようとしてくるのは至極《しごく》当然の発想と言えた。

だが……今士道は足を止められているわけにはいかなかった。

「狂三……！　頼《たの》む！　邪魔《じゃま》をしないでくれ！」

士道が叫ぶと、狂三はその反応を面白《おもしろ》がるように肩《かた》をすくめてみせた。

「あらあら、士道さんにそんなことを言われるだなんて、悲しいですわね。──一体、わたくしが何の邪魔をしていると仰いますの？」

「俺は……琴里たちを助けなきゃならない！　十香たちを助けなきゃならない！　それに──何をしてでも折紙のところに行かなきゃならないんだよ！　でないと、折紙は──」

「ああ……」

士道の言葉に、狂三は嘆息《たんそく》するように吐息《といき》を漏《も》らすと、目を細めながら後方──折紙の方を一瞥《いちべつ》した。

そして、先ほどまでの楽しげな様子を霧散《むさん》させ、静かに続けてくる。

「──無駄《むだ》、ですわよ」

「は──？」

狂三の言葉に、士道は思わず眉根を寄せた。

「ああなってしまったら、もう何をしても意味がありませんわ。今の折紙さんには、何者の声も届きませんわよ。――それが如何《いか》に、士道さんであっても」

「ッ、そんなこと――やってみなけりゃわからねえ――だ、ろ……」

士道は意気を挫かれるように言葉を途中《とちゅう》で止めた。

別に、本当に諦《あきら》めてしまったわけでも、〈時喰みの城〉に力を吸い尽《つ》くされたわけでもない。

ただ、狂三が今まで士道に見せたことのないような憮然《ぶぜん》とした表情を作りながら、親指の爪《つめ》を噛《か》んでいたのである。

「……本当に、一体あの先で何を知ってしまったのやら」

「え……？」

狂三の言った意味がわからず、怪訝《けげん》そうな顔を作る。

しかし狂三は答えず、ふうと息を吐いてきた。

「まあ――とにかく。わたくしはわたくしのすべきことをするだけですわ」

言うと、狂三はトン、と後方に一歩飛び退《の》き、両手を広げた。

するとその動作に合わせるように、足下に広がった影から、二挺《ちょう》の銃《じゅう》が飛び出してきて、狂三の手に収まった。

一つは銃身の長い歩兵銃。もう一つは短銃である。双方《そうほう》アンティークのように精緻《せいち》な細工が施《ほどこ》された、古式の銃だった。

そして、それに次ぐように、影の中から巨大《きょだい》な時計の文字盤が姿を現す。

〈刻々帝《ザフキエル》〉。狂三の持つ、時間を操《あやつ》る天使である。

「さあ、さあ、〈刻々帝《ザフキエル》〉。始めようではありませんの」

すると、狂三の言葉に応《こた》えるように、〈刻々帝《ザフキエル》〉が蠢動《しゅんどう》し、文字盤の数字から影が滲《にじ》み出て、銃口に収まった。

そして狂三がニッと唇《くちびる》を歪め、二挺の銃を士道に向けてくる。

「……なっ！」

その予想外の行動に、士道は思わず目を見開いた。

狂三の目的は、士道から霊力を奪うことであったはずだ。一瞬、狂三の行動が理解できず、唖然《あぜん》としてしまう。

だが、そう悠長《ゆうちょう》なことは言っていられなかった。狂三が銃に込《こ》めた弾《たま》の効果はわからなかったが、それが士道にとって不利益になるものであろうことは想像に難《かた》くない。

士道は歯を食いしばって全身に力を入れ、地面を這いずるようにしてその場から逃れようとした。

「折、紙……ッ！」

そう。士道はこんなところで討《う》たれるわけにはいかなかったのだ。折紙を救うために、再び空に昇《のぼ》らなくてはいけなかったのだ。

だが、そんな士道の決意をあざ笑うように、狂三の声が響《ひび》く。

「だから、言ったではありませんの。──もう、何をしても意味がないと」

同時、何の躊躇《ためら》いもなく狂三が引き金を引いた。撃鉄《げきてつ》が落ち、一発の銃弾《じゅうだん》が放たれる。

影を結集したかのような銃弾は、空間に黒い軌跡《きせき》を残して、逃《に》げようとする士道の背に突き刺《さ》さった。

「ぐ……!?」

士道は苦悶の表情を浮《う》かべ──すぐ、違和《いわ》感に眉根を寄せた。

銃弾が直撃したというのに、まったく痛みがなかったのである。

一瞬、琴里の治癒《ちゆ》能力が即座《そくざ》に発動したのかとも思ったが……それも違う。傷を癒《い》やす際の灼熱《しやくねつ》感も感じられなかった。

かといって、士道の『時間』が戻《もど》ったり、進んだり、止まったりしているということもないようである。少なくとも士道の認識からは、弾が撃《う》ち込まれる前とあとで、変わったことは見つけられなかった。

「狂……三？　一体何のつもりだ……？」

士道が怪訝に思い狂三を振《ふ》り返ると、その瞬間、狂三が妖しい笑みを浮かべ、もう一挺の銃の引き金に指をかけた。

「うふふ、そうですわねぇ、あなたたちの言葉で言うのなら――」

そして、ニッと笑みを浮かべ、

「さあ――わたくしたちの戦争《デート》を、始めましょう？」


狂三は、引き金を引いた。

「…………っ!?」

額に、漆黒《しっこく》の銃弾が突き刺さる。

先ほどの弾と同じく、この弾にも、着弾による痛みはなかった。

だが――

「う……あ……っ……？」

弾が頭に撃ち込まれた瞬間、士道は全身がゲル状の物質に変化し、そのままミキサーに突き落とされて滅茶苦茶《めちゃくちゃ》に攪拌《かくはん》されるかのような違和感を覚えた。

平衡《へいこう》感覚がなくなり、どちらが上でどちらが下なのかもわからなくなる。次第に意識さえも細切れにされていくかのようにあらゆる感覚が希薄《きはく》になっていき——士道はそのまま、気を失った。

◇

——闇《やみ》に落ちていた意識がゆっくりと戻ってくる。

その際、士道が最初に感じたのは、熱だった。

とはいえ、琴里の炎《ほのお》のように苛烈《かれつ》なものではない。もっと温度の低い炎に、遠火でじりじりと焼かれるような感覚である。

「…………？」

数秒後。士道はうっすらと瞼《まぶた》を開けた。

「……！」

が、すぐに目を閉じる。

理由は単純。瞼を開いた瞬間《しゅんかん》、視界いっぱいに目映《まばゆ》い光が飛び込んできて、暗がりに慣れていた目が灼《や》かれたのである。

「な、なんだ……？」

士道は困惑《こんわく》しながら思案を巡《めぐ》らせた。今の光は一体何なのだ……？

士道は一瞬、狂三に撃たれて気を失ったあと、病院か〈ラタトスク〉の地下施設《しせつ》にでも収容され、手術台の上にでも寝《ね》かされているのかと思った。

だが——その想像が誤りであることはすぐに知れた。

鼓膜《こまく》が、ミンミンという虫の鳴き声を捉《とら》えたのである。

「……蟬《せみ》？」

士道は首を捻《ひね》り、今度は手のひらで目元に影《かげ》を作りながら瞼を開けた。

すると、自分が屋外——しかも、道路のど真ん中で寝ていることがわかる。

加えて、空には燦々《さんさん》と太陽が輝《かがや》き、周囲を明るく照らしていた。

「は……？　え……？」

士道は上体を起こすと、きょろきょろと辺りを見回した。

士道が気絶している間に夜が明けてしまったのだろうかとも思ったが——違う。

今士道がいる世界は、明らかに異常だった。

「なんで……街が、壊《こわ》れてないんだ……？」

そう。折紙によって滅茶苦茶に破壊《はかい》されたはずの街並みが、もとに戻っていたのである。

士道は訝《いぶか》しげに眉《まゆ》をひそめながら、再度周囲の様子を窺《うかが》うように視線を巡らせた。

士道が寝転《ねころ》がっていたのは、人通りの少ない路地の上だった。とはいえ日当たりが悪いということはなく、陽光は道の隅々《すみずみ》にまでじりじりと降り注いでいる。……というか、少し暑すぎるくらいだ。これではまるで真夏である。

と、そこで士道は、先ほど気づいたことを思い出した。――そう。辺りからは、様々な種類の蝉の声が響いていたのだ。

加えて、遠くに見える街路樹は青々と茂《しげ》り、通りを歩く人々の服装も、皆半袖《みなはんそで》だった。

「……どういうことだ、こりゃあ」

士道は汗《あせ》ばんだ服の胸元《むなもと》にパタパタと風を送りながら、困惑した表情を浮かべた。

まるで……どころか、本当に夏の様相である。

――おかしい。明らかにおかしい。士道は額に手を置いて思案を巡らせた。

士道の記憶《きおく》が確かなら、今は一一月。もう紅葉《こうよう》も終わりを告げ、冬の足音が近づいてきた時期であったはずだ。

だが、士道の視界に広がる景色は、どう見ても真夏のそれであった。

「いや……そんなことより」

士道はブンブンと首を振った。

確かにそれも、無視できない重要な問題である。だが、今はそれより先に確認せねばならないことがあった。

無論——十香や折紙たちのことである。

「十香！　折紙！」

士道はよろめきながらその場に立ち上がると、声を張り上げた。

だが、返事はない。

「琴里！　四糸乃！　七罪！　美九！　耶倶矢！　夕弦！……狂三ッ！　誰《だれ》でもいい！

誰かいないのか⁉」

叫《さけ》ぶも、その呼びかけに応ずる者は現れなかった。その声で士道の存在に気づいたかのように、通りを歩く人々が怪訝そうに視線を寄越《よこ》してきた。

「くそっ、一体どういうことだよ、これは……！」

士道は拳《こぶし》を握《にぎ》ると、焦燥《しょうそう》のままにブロック塀《べい》を殴《なぐ》った。

手に痛みがなければ、この状況《じょうきょう》は夢であると笑い飛ばすこともできたかもしれない。だが、固めた指にはすぐに、コンクリートを殴った鈍《にぶ》い痛みが伝わってきた。

「く……」

ならば、今まで士道が見ていた世界の方が夢であるとでもいうのだろうか。折紙が精霊《せいれい》になるだなんて荒唐無稽《こうとうむけい》な事象は、全《すべ》て士道の頭の中でのみ起きていたことだというのだろうか。そんなはずはないということはわかっているはずなのに、そんな詮《せん》ない考えさえ浮かんでは消えていく。

ここは一体どこなのか。十香や折紙たちはどこに行ってしまったのか。なぜ季節までもが変わってしまっているのか。

——自分の身に起きている、あらゆることの意味がわからなかった。

「……ぐ」

だが、だからといってここに立ち尽《つ》くしていても何も解決しなかった。

士道は少しでも情報を得るべく、よたよたとした足取りで路地の先へと歩いていった。

すると程《ほど》なくして、開けた空間に出る。広々とした大通りである。道の両脇《りょうわき》に様々な店が並び、幾《いく》人もの人が行き交《か》っている。

「ここ……は……」

そこで。士道は眉根を寄せた。

その景色に、見覚えがある気がしたのである。

「天宮市……だよな……？」

そう。ここは間違《まちが》いなく天宮市だった。

だが……おかしい。何かがおかしいのだ。士道も幾度となく通っている道である。

見慣れた街並みのはずが……どこかが記憶と食い違っている。

別に日頃《ひごろ》街並みの細部にまで意識を巡らせて歩いたりしているわけではないため、どこが違うかははっきり指摘《してき》できないのだが——まるで士道の世界にそっくりなパラレルワールドにでも迷い込んだかのような違和感があったのである。

士道はその違和感の正体をどうにか探《さぐ》ろうと、注意深く周囲の様子を窺いながら通りを進んでいった。

と、そこで。

「うわ……っ！」

「きゃっ！」

辺りをきょろきょろ見回しながら歩いていたものだから、士道は前方から歩いてきた女性とぶつかってしまった。女性が派手に尻餅《しりもち》を突《つ》き、手にしていたと思《おぼ》しき手帳が地面に落ちる。

「す、すいません、ボーっとしてて……！」

「あ、いえぇ、こちらこそすいません」

士道が慌《あわ》てて謝ると、女性はすぐに立ち上がってペコリと頭を下げてきた。士道はその場に膝《ひざ》を折ると、地面に落ちてしまった手帳を拾い上げ、女性に手渡《てわた》そうとした。

が……そこで身体《からだ》を硬直《こうちょく》させる。

理由は単純。その、眼鏡をかけた小柄《こがら》な女性に、見覚えがあったからだ。

「……た、タマちゃん？」

そう。そこにいたのは、士道の担任、岡峰珠恵《おかみねたまえ》教諭《きょうゆ》だったのである。

「へ？」

しかし、タマちゃん先生は意外そうに目を見開いた。

「あなた……なんで私のあだ名を知ってるんですかぁ？」

などと言って、首を傾《かし》げてくる。士道は困惑した表情を作った。

「は……？　いや、何言ってるんですか。俺ですよ。五河士道です」

「ええと……」

タマちゃん先生はしばしの間思案したあと、不意に何かに気づいたように目を見開き、すぐにポ……ッと頬《ほお》を赤らめた。

「も、もしかしてこれ、あれですかぁ？　ナンパってやつですかぁ？」

「え？」

士道が眉根を寄せるも、タマちゃんは意に介《かい》していないようだった。照れくさそうにはにかみながら、言葉を続けてくる。

「いやー、ホントにあるんですねぇ、こういうの。うふふ、なんか照れちゃいますねぇ。あっ、でもあなた、歳はおいくつですかぁ？　私よく未成年に間違えられますけど、もう二四歳なんですよぉ？」

「……いや、堂々と五歳もサバ読まないでくださいよ」

士道は頬に汗を垂らしながら半眼で言った。来禅《らいぜん》高校の名物教師タマちゃんといえば、がけっぷち乙女《おとめ》二九歳。それはクラスの面々ならば誰もが知っていることだった。

しかし士道が言った瞬間、タマちゃんは「むむっ！」と表情を険しくした。

「なっ、さ、サバなんて読んでませんよっ、失礼な！」

「いやいや、だって先生もう二九じゃ……」

「まだ言いますかっ！　もう結構ですっ！　手帳、返してくださいっ！」

タマちゃんが士道の手から手帳を引ったくる。そしてブツブツ文句を言いながらそれを開き、視線を落としながら士道を押しのけるように歩き始めた。

「もうっ、失礼しちゃいます。初対面の女性に向かって……」

「…………ッ」

と。士道はすれ違い際《ぎわ》、タマちゃんが開いた手帳の日付を見て目を見開いた。

「は……!?」

「な、なんですかぁ……？」

急に素《す》っ頓狂《とんきょう》な声を上げた士道に、タマちゃんが怪訝《けげん》そうな視線を送ってくる。

だが今の士道にはそんなもの気にならなかった。ただ一点——手帳に印刷されたある数字のみが、士道の意識を支配する。

「す、すいません、それって……『今日』のページですか？」

「えぇ……？　何言ってるんですか？　当たり前じゃないですかぁ」

タマちゃんは不審《ふしん》そうな顔を作ると、手帳を広げて士道に示してきた。

士道はその紙面に顔を近づけ、食い入るように印刷された日付を見つめた。

そして。

「……、五年前……？」

呆然《ぼうぜん》と、呟《つぶや》く。

そう。そこに記されていたのは、今から五年前の日付だったのである。

To be continued

あとがき

どうも。好きな遺失宇宙船《ロスト・シップ》は『ラグド・メゼギス』。橘公司《たちばなこうし》です。

というわけでついに10巻です。二桁《けた》の大台に突入《とつにゅう》いたしました。そしてここにきて表紙が折紙《おりがみ》。1巻が十香《とおか》で10巻が鳶一《とびいち》ってなんか面白いですね。

ようやくきました折紙巻です。この話は、『デート』初期の頃《ころ》から構想があったエピソードなので、とても楽しく書けました。もう折紙が表紙から全開に格好いいです。ちなみに今回の霊装《れいそう》コンセプトは天使＋ウェディングドレスです。また今回もつなこさんが素晴らしいイラストを描《か》いてくださいました。しかし、折紙にウェディングドレス……なんだか邪悪《じゃあく》な気配を感じるメポ。あ、まったく関係のない話なんですが、本人が知らない間に婚姻届《こんいんとどけ》が提出されて、戸籍《こせき》に虚偽《きょぎ》の記載《きさい》がされ、いつの間にか見知らぬ誰《だれ》かと夫婦になってしまっていた……なんて事件がありましたね。怖《こわ》いですね。注意しなければいけませんね。まあ、まったく関係のない話なんですけどね。

　さて、今回はいつもより若干《じゃっかん》あとがきのページが多いのですが、それに合わせたかのように告知や報告がたくさんあったりするので、時期順に紹介《しょうかい》していこうと思います。

○0巻。

　まずは何といってもこれです。

　この本と同時発売のドラゴンマガジン5月号に、『デート・ア・ライブ』0巻Ver.2.0が付録としてついてきます。

　以前、一〇〇〇名様限定に配布されたブックレットと『デート・ア・ライブ』0巻、そしてその他イベント等で配布されたショートストーリーを一冊に凝縮《ぎょうしゅく》した特別仕様です！　雑誌は機を逃《のが》すと店頭からなくなってしまうので、ご興味のある方は急いで書店さんへ！

○DAS4巻。

　ドラゴンエイジで連載《れんさい》されていました鬼八頭《おにやず》かかしさんの『デート・ア・ストライク』が、ついに完結しました！　鬼八頭さん、熱く可愛い漫画《まんが》をありがとうございます！

　そしてその最終4巻が、2014年3月8日に発売されます！　ASTたちの繰《く》り広げるもう一つの『デート』の結末を、是非《ぜひ》その目でお確かめください！

○**コミック1巻。**

少年エースで連載中のコミック版『デート・ア・ライブ』1巻が、2014年3月26日に発売となります。犬威《いぬい》赤彦《せきひこ》さんのスタイリッシュな筆致《ひっち》で描かれる『デート』をお楽しみください！

そして、なんとコミック版『デート』1巻と、この『デート』10巻には同時購入《こうにゅう》キャンペーンが！

帯に付いている応募《おうぼ》券を送ると、抽選《ちゅうせん》でつなこさん描き下ろしのB0タペストリーが当たります！　B0ですよB0。ノートの大きさを思い浮《う》かべてください。あれがだいたいB5です。そしてそのノートを二冊並べたくらいの大きさがB4、その倍がB3、そのまた倍がB2、そのさらにまた倍がB1、そのさらにさらに倍がB0です。つまりノートの三二倍の大きさ。要するに超巨大《ちょうきょだい》ってことです。しかも描き下ろし！　これは応募するしかないぜ！

○**アニメ二期。**

そして、テレビアニメーション『デート・ア・ライブII』が、2014年4月から放送開始されます。八舞《やまい》姉妹や美九《みく》など5巻以降の新キャラクターが喋《しゃべ》って動いて歌って踊《おど》ります。スタッフさんやキャストさんたちが頑張《がんば》ってくださっていますので、是非ご期待ください!!

○ゲーム第二弾《だん》。

プレイステーション3用ゲームソフト、『デート・ア・ライブ　或守《あるす》インストール』が、2014年夏にコンパイルハート様より発売予定です！　今回も『凜祢《りんね》ユートピア』のときと同じく、キャラクター原案とストーリー原案に関わらせていただきました。ただいま絶賛開発中ですのでお楽しみに!!

○レッツパーリィ。

最後になりますが、ドラゴンエイジで『デート』のスピンオフコミック『デート・ア・パーティー』が連載されております！　ひなもりゆいさんの可愛らしい絵で描かれる、『デート』キャラたちのまったりな日常（？）風景です！　よろしくお願いします！

ふう。告知に三ページも使うなんて贅沢《ぜいたく》さんなんだぜ。

さて、今回もさまざまな方々の尽力《じんりょく》によって本を出すことができました。つなこさんや担当氏、デザイナーさんや編集部の方々、その他『デート』に関わっている全ての方々、そしてこの本を手にとってくださっている読者様に心からの感謝を。『デート』が10巻という数字を重ねることができたのは、間違《まちが》いなく皆様《みなさま》のお力のおかげです。本当にありがとうございます。

と、なんだか最終巻っぽい締《し》めになりましたが、シリーズはまだまだ続きます。さしあたっては11巻。もうこれどうなるんでしょうね士道《しどう》くん（他人事《ひとごと》）。目が離《はな》せないんだぜ。

では、またお会いできることを願っております。

二〇一四年二月　橘　公司

本編コミックスが堂々登場！
重《おも》い…
あとぱんつ見え
重《おも》くないよっ!!
心《こころ》すらも
一瞬《いっしゅん》にして奪い去る
暴力的なまでに
圧倒的クオリティーで
新世代ボーイ・ミーツ・ガールがついに開幕!!
少年エースA（毎月26日発売）にて連載中
DATE A LIVE
デート・ア・ライブ①
十香デッドエンド
原作:橘公司　漫画:犬威赤彦　キャラクター原案:つなこ
コミックス①巻　3月26日発売
Kadokawa Comics A　B6判　[発行]株式会社KADOKAWA　[編集]角川書店
KADOKAWA

お便りはこちらまで

〒一〇二—八一七七
ファンタジア文庫編集部気付
橘公司（様）宛
つなこ（様）宛

富士見ファンタジア文庫

デート・ア・ライブ10

鳶一《とびいち》エンジェル

平成26年3月25日　初版発行
平成29年2月15日　七版発行

著者——橘《たちばな》　公司《こうし》

発行者——三坂泰二
発　行——株式会社KADOKAWA
http://www.kadokawa.co.jp/
〒102-8177
東京都千代田区富士見2-13-3
電話　03-3238-8521（カスタマーサポート）
印刷所——旭印刷
製本所——本間製本

※定価はカバーに表示してあります。
落丁・乱丁本は、送料小社負担にて、お取り替えいたします。KADOKAWA読者係までご連絡ください。（古書店で購入したものについては、お取り替えできません）
電話 049-259-1100（9：00～17：00／土日、祝日、年末年始を除く）
〒354-0041 埼玉県入間郡三芳町藤久保550-1

ISBN978-4-04-070066-3 C0193

第30回
ファンタジア大賞
原稿募集中
切り拓け!
キミだけの
新しい〝王道〟
〈大賞〉賞金
300万円
〈金賞〉50万円〈銀賞〉30万円
〈ドラゴンマガジン賞〉
30万円
締め切り
後期 2017年2月末日
第30回特別記念
短編募集+キャッチコピー大賞同時開催
特別選考委員
伊藤智彦
TVアニメ
ソードアート・オンライン(監督)
僕だけがいない街(監督)
選考委員
葵せきな×石踏一榮×橘公司×ファンタジア文庫編集長
「生徒会の一存」「ゲーマーズ!」
「ハイスクールD×D」
「デート・ア・ライブ」
投稿&最新情報
ファンタジア大賞WEBサイト http://www.fantasiataisho.com/
イラスト:つなこ